길 위에서 사라지는 아이들

길 위에서 자라는 아이들

초판 1쇄 발행일 2021년 7월 14일

글 | 박도은

펴낸이 | 김완중
펴낸곳 | 내일을여는책

편집총괄 | 이헌건
디자인 | 한향희
관리 | 장수댁

인쇄 | 아주프린테
제책 | 바다제책

출판등록 | 1993년 1월 6일(등록번호 제475-9301)
주소 | 전라북도 장수군 장수읍 송학로 93-9(19호)
전화 | 063) 353-2289
팩스 | 063) 353-2290
전자우편 | wan-doll@hanmail.net
블로그 | blog.naver.com/dddoll

ISBN | 978-89-7746-960-0 (03810)
정가   15,000원

길 위에서 자라는 아이들

46박 47일 동안의 미국 일주로 얻은
열세 살 구영리 아이들의 성장스토리

내일을여는책

모두가 행복한 교육을 꿈꾸며

고헌초등학교 박선애

10여 년 전, 몸과 마음을 닦는 명상센터에서 처음 박도은 님을 만났다. 요즘도 때때로 만나 일상 이야기를 나눈다. 대부분 아들 서원이 이야기 그리고 각자 삶의 공간에서 성장하고 나누는 이야기다. 그중 시간 가는 줄 모르고 서로의 생각과 입장을 나누는 공통분모는 '교육'이다. 특히 사교육 없이 공교육만으로 아이를 키우고, 자녀와 함께 성장하는 부모 이야기가 많다.

한번은 박도은 님이 서원이 때문에 속상한 일이 있다고 해서 만났다. 서원이가 엄마 스마트폰으로 몰래 게임을 했는데, 평소보다 몇 배나 많은 요금이 나왔다는 것이다. 당시 서원이는 초등학교 저학년. 어떤 엄마도 그냥 넘어갈 수 없는 일이었다. 그런데 3주

뒤에 만난 두 사람은 예상과 달리 매우 사이가 좋은 모습이었다. 서원이의 스마트폰 문제를 어떻게 해결했는지 무척이나 궁금했다.

박도은 님의 이야기는 단순 명료했다.

"게임보다 더 재밌고 흥미있는 일을 찾은 거죠."

"무슨 뜻이에요?"

"처음엔 게임 관련 규칙과 약속을 정했는데, 저학년이라 혼자서는 힘들더라고요. 그래서 우리 둘이 함께할 수 있는 걸 하기 시작했죠. 사전서도 타고, 달리기도 하고, 줄넘기도 하고…. 주변 친구들도 함께해요. 제가 좀 바빠지긴 했지만 게임 하는 시간이 확실히 줄었어요. 덕분에 서원이 유치원 친구의 엄마들도 만나게 됐죠. 요즘은 하루가 정말 빨리 지나가네요."

박도은 님 특유의 밝고 가벼운 말들이 내 머리를 '퉁' 치고 지나갔다.

이날의 만남은 내 기억 속에 오래도록 남았다. 그날 이후 박도은 님과 아들이 하는 모든 활동에 관심과 애정이 생겨났다. 이 관심과 애정은 '사교육 없는 공교육'에 대한 희망과 큰 위로로 채워졌다. 그리고 차츰 도은 님 주변에 아이들의 교육을 매개로 도움을 주고받으며 성장하는 사람들이 늘었다. 나 또한 그중 한 명이다.

'모두가 행복한 세상을 위한 교육'이라는 화두만 있을 뿐 방법을 몰라 전전긍긍하던 내게 서원이 교육을 바탕으로 주변 사람들과 연대하면서 성장하는 박도은 님의 모습은 마치 길을 안내하는 지도와도 같았다. 많이 늦었지만 이 지면을 통해 박도은 님에게 그동안의 만남과 나눔에 감사함을 전한다.

6년이 지난 2018년 7월. 박도은 님의 인솔로 서원이 마을 친구들과 함께 미국을 다녀왔다. 미국행 이후, 교육을 매개로 우리가 함께 성숙한 시민으로 연대할 수 있다면 '모두가 행복한 교육'이 가능하리라는 희망을 품게 되었다. 그리고 잠시 서로나눔교육지구(울산의 혁신교육)에서 마을교육 관계자들을 연결하는 역할을 맡기도 했다.

박도은 님이 그간 해온 교육 활동들은 일반적인 배움과 교육 환경에 대한 인식의 변화를 추구하는 등 교육 주체로서 새로운 패러다임에 시사하는 바가 크다.

지금 우리에게는 아이들의 배움이 일어나는 공간 즉 장소에 대한 가변적인 인식의 변화가 절실하다. 일반적으로 '배움'이란 누군가 가르치는 사람이 있고, 의자와 책상 등이 있으며, 아이들이 인쇄

길 위에서 자라는 아이들

물을 보거나 활동하는 학교나 학원 등에서만 일어난다고 생각한다. 그래서 아이들에게 줄과 열을 군대식으로 맞춘 교실을 제공하면서도 공동체 의식이 부족하다며 소통과 커뮤니티를 배우러 학원가를 찾는다.

21세기다. "급변하는 4차 산업혁명의 시대를 살아갈 우리 아이들에게 지금의 이런 교육을 시키는 것이 맞나요?" 누군가 묻는다면 1초의 망설임도 없이 "괜찮지 않아요!"라고 답할 것이다. 교육 현장에 있는 사람의 하나로서, 부끄러운 일이지만 학교가 공동체를 회복하고 자구책을 찾아 스스로 변화하지 않으면 조만간 학습자에게 외면당할 것이라고 확신한다.

지난 10년 가까이 박도은 님이 서원이와 서원이 마을 친구들과 오가며 배움터로 활용한 모든 공간이 진정한 학습공간이다. 도서관, 수영장, 체육공원, 구영리 주변 자전거 도로, 어느 명상 장소, 여름날의 시원한 카페, 친구 집, 심지어 한국을 넘어 미국 어느 도시의 박물관과 식당, 상점, 초대된 미국인의 가정집에서도 아이들은 배웠다.

이제 '교육시장'이라는 경제적 논리에 파묻힌 '교육수요자'라는 인식을 벗어나 '관계'를 기반으로 우리 개개인이 교육의 주인 자리를 회복하기 위해 나설 때다. 다람쥐 쳇바퀴 돌 듯, 학교를 마치자

마사 학원가로 향하는 아이들이 자발적인 배움과 호기심을 잃지 않도록 각자 있는 자리에서 작은 것이라도 실천하는 태도가 필요하다.

2019년 여름, 기관 관계자들과 핀란드를 다녀왔다. 그때, 국가적 차원에서 교육정책으로 이런 고민을 해결하는 모습을 보았다. 자발적인 배움의 의지가 일어나도록 작은 것을 배려하며, 학생들이 공동체적인 사고와 활동을 할 수 있도록 학교 건물을 짓고, 지역 사회와 연대하면서 아이들의 배움을 전방위적으로 지원하는 것이었다. 학습자 스스로 학습공간을 옮겨 다닐 수 있는 교통편, 지역 중심으로 학습자의 다양한 학습경험이 촉진되도록 마련된 교육적인 공간과 제도에 무척이나 놀랐다.

핀란드 학생들은 누구나 학교를 마치면 자신이 선택한 문화·예술·스포츠 등의 다채로운 활동을 자유롭게 할 수 있다. 우리나라는 어떠한가? 학생들은 매일, 가끔은 주말에도 학교-학원-집으로 이어지는 일상을 강요당한다. 이렇게 우리 아이들은 몸과 마음의 건강을 잃어버린 채 본래의 생명력을 회복하는 힘을 잃어가고 있다. 아이들이 본래의 생명력을 잃는다는 것은 내 이웃, 지역사회, 더 나아가 우리나라가 생명력을 잃고 죽어간다는 것을 뜻한다.

미래의 희망인 아이들을 위해 이제 우리 스스로 깨어나 자신의 양심을 밝히고, 성숙한 어른이 되었으면 한다.

이 책을 추천하는 이유는 우리의 미래인 아이들의 교육에 대해 공동체의 일원으로서 책임감 있고 양심적인 행동을 했으면 하는 바람 때문이다. '공동체, 책임감, 양심'이라는 단어가 크게 와 닿지 않는다면 박도은 님처럼 내가 살고 있는 마을의 아이들이 내 아이와 내 손자 손녀와 같다는 의식의 변화를 가져보는 것은 어떨까? 그것이 바로 나와 내 아이, 나아가 내 손자와 손녀의 미래를 위한 길이 될 것이다. 그리하여 자발적이고 양심적으로 행동하는 어른들이 점점 늘어나 당면한 교육 문제를 스스로 해결할 수 있는 지혜가 모이기를 희망한다.

교육의 패러다임을 바꾸는 꿈의 멘토

박도은

"왜 저렇게 시험에 목숨을 거는지, 저렇게까지 해야 하는 건지 모르겠어요. 도대체 사교육을 어디까지 해야 하는 건가요?"

중간고사에서 국어과목을 망친 아이가 학원을 보내달라고 졸라서 등록하고 오는 길이라며 한 학부모가 하소연을 했다. 몇 주 후 기말고사가 끝난 뒤 그 학부모는 "국어 성적이 올랐어요! 사교육을 하면 결과는 나오나 봐요" 하며 쓴웃음을 지었다.

어떤 부모든 '내 아이가 정말 자신이 하고 싶은 것, 잘할 수 있는 것을 하며 지냈으면 좋겠다'라고 생각할 것이다. 아이들 역시 마찬가지다. 자신이 원하는 것을 찾고 그 속에서 만족감을 얻고자 한다. 하지만 진정 내가 원하는 것을 잘 모르는 게 현실이고, 학교의 평가기준에 소홀할 수 없는 것 또한 현실이다.

"우리 아이들이 지금 가장 원하는 것이 뭘까요?" 하고 물으면 학부모들은 대부분 '게임'이나 '시험 없는 학교'를 얘기한다. 하지만 실제로 아이들은 똑같은 질문을 받았을 때 '시험 성적 잘 받기'를 원한다고 답했다. 부모들은 모두 놀란다. 아이들이 간절히 원하는 게 좋은 성적이라니…. 이것이 현실이다. 현재 학생들이 자신의 존재를 드러낼 수 있는 방법은 학교의 평가기준 즉 학업 성적밖에 없다. 아이들은 부모들이 생각하는 것보다 더 간절히 집단 내에서 인정받고 싶어한다.

11년째 꿈의 멘토를 찾아오는 학부모들은 학업 성적 외에 또 다른 부분에 대한 도움을 필요로 한다.

"우리 아이는 무기력하고 꿈이 없어요."

"아이가 착하고 성실하긴 한데, 소심한 탓인지 친구가 없어서 학교생활이 힘들대요."

영어 성적이 안 나오면 영어학원을 보내고, 그렇게 원하는 성적을 얻으면 부모도 아이도 대만족이다. 그런데 무기력하거나 친구를 사귀는 방법을 모른다면 어떤 학원을 가야 할까? 나 역시 참 많이 고민했던 부분이다. 아이들이 공교육 속에서 자신을 찾고,

지혜롭고 행복하게 건강한 학창시절을 보냈으면 하는 마음 간절하다.

멘토링을 하면서 만난 몇몇 아이는 부모님의 지원도 확실했고, 원하는 바도 뚜렷했다. 그래서 학교를 그만두고 검정고시나 유학 등 다른 길을 선택할 수 있었다. 하지만 누구나 쉽게 선택할 수 있는 길은 아니었다. 내가 만난 대부분의 학부모나 아이들은 큰 위험을 감수하는 대신 공교육 속에서 자신의 길을 찾을 수밖에 없었다.

나는 꿈의 멘토를 통해 만난 많은 아이들에게 '나는 누구인가. 내가 원하는 것은 무엇인가' 하는 화두를 던졌다. 그리고 자기 자신을 이해하고, 강점을 찾고, 꿈을 찾는 여유와 공간을 가질 수 있도록 '지구 한 바퀴'라는 프로젝트를 시작했다. 이 프로젝트는 또한 나 자신의 궁금증을 푸는 기회이기도 했다. 늘 해야 할 일들에 쫓기며 살아가다 어느 날 문득 '내가 진정 원하는 건 뭐지?' 했던 바로 그 궁금증. 어린 시절의 나처럼 방향을 잡지 못한 채 공교육과 사교육 사이를 오가는 우리 아이들과 함께, 새로운 시공간에서 진정한 나를 찾아보자는 기획이었다.

한 달여의 배낭여행을 위해 작고 사소한 일상의 변화를 차곡 차곡 쌓아 건강한 습관들을 만들기 시작했다. 좋은 습관을 가져야 한다는 막연한 '교훈'이 아니라 '안전한 여행을 위해서'라는 구체적인 목표를 세우니 변화도 빠르고 실행력 또한 좋았다. 프로젝트를 리드하는 나 역시 한 달의 여정보다 여행을 준비하는 기간에 더 많이, 더 열정적으로 집중했다.

　지난 10여 년 동안 방학 때마다 다양한 학생들과 함께 여러 나라를 찾았다. 지치고 어려운 순간, 코끝이 찡해져 오는 감동의 순간, 영화 속 주인공이 된 듯 행복한 순간들을 수없이 겪었다. 그 모든 순간, 순간들은 우리에게 '성장'이라는 선물을 가져다주었다. 그중 열 번째 프로젝트는 가장 많은 성장통과 추억을 가져다준 특별한 시간이었다.

　서원이가 태어나고 자란 울산시 외곽 마을 구영리의 생태유치원 06년생 또래 친구들과 엄마들은 '지구촌 아이'라는 공동육아 학습동아리를 만들었다. 우리는 아이들이 초등학교 6학년이 되면 함께 '지구 한 바퀴 프로젝트'에 도전해보자, 하는 목표를 세웠다. 나는 2017년 '아홉 번째 지구 한 바퀴' 여정으로 여고생들과 미국 동부를 다녀온 뒤 다양한 현지 정보와 사정을 참고하여 '지구촌 아이'를 위한 여정을 기획했다. 그리고 1년간 미국행에 필요한 내외공을 아이들과 함께 길렀고, 이를 바탕으로 47일간의 미국 동부 여행을 성공적으로 마쳤다. 이 책은 바로 그날들의 기록이다.

그동안 인솔했던 팀 중 가장 어린 아이들이었고, 가장 장기간이었기 때문에 체력적으로나 심리적으로 부담이 컸다. 하지만 프로젝트를 마친 후 돌아보니 지난 6년간 우리가 함께 쌓아왔던 마을학교 교육의 결정체가 아닌가 싶다. 힘들었지만 모두에게 값진 시간이었다. 어쩌면 가장 큰 수혜자는 책임자였던 나 자신이었다. 아이들을 통해 웃고 울고 감동하며 마음이 단단해졌다.

귀한 시간을 함께해준 '지구촌 아이' 멤버들, 1년의 준비 기간 동안 아낌없이 지지해준 학부모들, 보이지 않는 힘이 되어준 선생님들 그리고 여느 프로젝트보다 더 많은 정성과 마음을 쏟아낸 나 자신…. 모두의 정성과 수고에 대한 감사의 마음을 이 책에 담았다.

우리의 사정상 동행할 수 없었던 친구들과 학부모들, 새로운 여정을 준비했으나 코로나19 사태로 일정을 전면 취소해야 했던 아이들과 학부모들과도 우리의 소중한 경험을 나누고 싶다.

이외에도 이 책을 만나게 될 독자 여러분이 우리 '지구촌 아이'처럼 마음이 맞는 마을 친구들, 학부모들과 함께 모여 다양하게 배우고, 체험하고, 도전해보았으면 한다. 아울러 그 시간을 준비하는 과정에서 작은 변화와 성취감을 맛보고, 새로운 교육의 기회와 패러다임의 전환을 이뤄보았으면 하는 바람이다.

목차

지구별 여행하기

지구별 여행하기

숙제와 달리기

　"일주일 동안 숙제 안 한 만큼 강변을 달리자! 한 번 안 하면 1km, 두 번 안 하면 2km!"

　'아이 vs 숙제'의 전쟁은 피할 수가 없다. 숙제에 대한 어른과 아이의 인식 차이가 합의점을 찾기 쉽지 않기 때문이다. 나 역시 '질풍노도'의 중2부터 고2까지 함께하면서 매번 숙제와의 전쟁을 치렀다. 벌금, 꾸중, 벌점 등 웬만한 방법은 다 써봤다. 그러던 어느 날, 달리기를 생각해냈다. 밀린 숙제 1회당 달리기 1km를 하자는 것이었다. "조선시대 같으면 장가를 가서 에너지를 마음껏 써야 할 10대 청소년들이 교실에 갇혀 있다 보니 각종 스트레스에 시달리고 에너지가 막혀 있다"라는 고미숙 작가의 책을 읽고서다.

그렇게 해서 우리는 주말 아침마다 달리기 복장을 갖추고 강변에 모였다. 어느 날은 다섯 명의 아이가 도합 10km를 넘게 달려야 하는 날도 있었다. 뛰다가 힘들면 걸었다. 어떻게 해서든 약속된 달리기 미션을 해 나갔다. 힘든 날도 많았지만, 수다 떨고 장난을 치면서 금세 끝난 날도 있었다. 시간이 지나면서 점차 '벌칙'이라는 인식이 줄어들었다. 땀범벅인 몸이 개운하고 상쾌했다. 무엇보다 숙제를 안 하는 횟수가 점점 줄었다. 그때는 어느 누구도 달리기가 '숙제하는 몸'을 만들어 내리라는 걸 몰랐다.

"도은 샘, 달리기 싫어서 숙제하는 거 아니에요. 숙제를 해야겠다 생각해서 하는 거예요."

아이들이 그 이후로 내게 한 이야기들이다. 지금도 우리는 여전히 그리 믿고 있다.

그리고 어느 날부턴가 우리는 마치 약속된 여행처럼 울산 근교에서 열리는 마라톤대회에 참가하기 시작했다.

"얘들아! 무슨 종목 나갈래? 샘은 하프 달릴게. 너희는 5km,

10km 중 어떤 거 뛸래?"

"샘~ 질문 그렇게 하지 마세요. 갈래, 안 갈래부터 물어야죠~."

"아 맞네! 미안 미안. 그래서 몇 킬로?"

"아무거나 해요. 어차피 샘 마음대로 할 거잖아요!"

싫은 척, 못 이기는 척하며 대회장을 향하는 아이들. 하지만 첫 시작은 늘 나의 간절함이었다. 물론, 일단 결정해 놓으면 그 다음은 달리기에만 마음을 쏟았다. 학부모들은 그런 우리를 보고 항상 뿌듯하게 웃으셨다. 그러고는 무심한 척, 픽업을 해주거나 간식을 챙겨주는 등 힘을 실어주었다. 나는 아이들과의 달리기 여행이 좋았다. 그래서 아이들이 좋아하든 싫어하든 이미 마음속으로 '너희들은 무조건 가야 해!' 하고 정한 채 앞뒤 다 잘라먹고 대화를 나누곤 했다. 그때마다 아이들의 핀잔을 들었지만, 나의 패턴은 변화가 없었다.

내가 하프를 달리고 골인 지점으로 들어올 때 짧은 코스를 먼저 뛰고 들어와 기다리던 아이들은 "도은 샘이다!" 하고 소리치며 반갑게 달려왔다. 그런데 막상 내가 골인 지점에서 만난 아이들은 울고 있는 나를 보며 "아 샘! 이제 우리 마라톤대회 나가지 마요! 진짜 힘들게 왜 그래요?" "샘! 우리 이제 달리기 끊어요." 한 명씩 번갈아 가며 핀잔을 주었다. 마치 내가 반갑지 않은 것처럼, 나를 향해 마구 달려오지 않았던 것처럼.

하지만 난 알고 있다. 나를 바라보는 아이들의 코끝이 벌렁이고 눈시울이 붉어진다는 것, 그리고 뒤돌아서 눈물을 훔치고 아닌 척하는 것까지….

그렇게 티격태격 우리는 점점 달리기의 매력에 빠져들었다. 그리고 이제는 훌쩍 자라 이미 군대까지 다녀온 그때의 그 아이들과 함께 여전히 달리고 있다. 우리는 이걸 '의리 달리기' '반강제 달리기'라고 부른다.

인생 프로젝트 탄생

나는 평일에도 일하다 답답하면 혼자 운동장에 나가 달려보기도 하고, 출장을 가다 아름다운 길이 보이면 차를 세우고 달려보기도 했다. 그 시원한 느낌에 빠져 달리고 또 달리다 보니, 달릴 때마다 내 자신이 웃고 있다는 걸 알게 되었다. 그리고 아이들과 단축마라톤대회를 준비하면서 달리기를 습관처럼 하게 되었다.

아이들이 매일 조금씩 늘어나는 거리에 익숙해져 간 만큼 나 역시 몸과 마음의 상태가 빠르게 좋아지고, 아픈 몸에 집중하는 시간이 줄어들었다. 아토피로 상처 나고 늘 빨갛게 달아올라 있넌 피부는 구릿빛으로 변해갔다. 시간이 흐르면서 달리기 실력이 향상된 만큼 자신감도 커지고 마음도 단단해졌다. 그리고 더 행복해졌다.

어느새 나는 운동화만 있으면 전 세계 어디를 가나 달릴 수 있는 러너가 되었다. 새벽조깅을 하면서 지중해의 해돋이를 만끽하기도 하고, 각국의 러너들과 함께 달리며 친구가 되었다. 달리기는 그렇게 건강뿐 아니라 더 넓고 다양한, 새로운 세상과 만나게 해주었다.

학생들과 함께 해외캠프를 가서도 나의 달리기는 변함없이 이어졌다. 그렇게 런던, 파리, 바르셀로나의 거리를 달리다가 문득 '지구촌 곳곳을 달려보고 싶다!'는 생각과 함께 지구의 둘레 40,049km를 달리는 '지구 한 바퀴 프로젝트'라는 '인생 프로젝트'가 탄생했다. 매일 5km씩 21년 동안 지구 한 바퀴의 거리를 달리는 것이 목표다.

학기 중엔 대한민국의 곳곳을 달리고, 방학 중엔 배낭을 메고 지구별 여행을 다니며 학생들과 함께 다른 나라의 낯선 도시를 달렸다. 달리기는 우리가 마주하는 낯선 시공간을 입체적이고 깊게 만날 수 있게 해주었다. 나와 함께했던 캠프의 아이들은 선택의 여지 없이 반강제로 나의 인생 프로젝트에 합류해 왔다.

2009년 일본 여행을 시작으로 매년 방학 기간에 오세아니아주를 비롯한 서유럽, 동유럽, 지중해와 미 동부지역, 미국령 괌, 하와이 등으로 떠났다. 떠날 때마다 목적과 계기는 달랐지만 그렇게 지구 한 바퀴 프로젝트는 이어졌다. 2014년에는 '세월호' 침몰로 오랫동안 준비했던 북유럽 캠프를 전면 취소했다. 그 대신 자전거 국토 종주와 제주 캠프를 진행했다.

해마다 다양한 친구들이 동행했고, 준비하는 과정도 달랐지만 각각 다른 경험에서 새로운 깨달음을 얻었다. 그중 가장 어린 아이들과 1년을 준비해서 최장기간 떠난 여행이 바로 미국 동부 일주다.

미국 동부 일주에 함께한 여섯 명은 다른 어느 동행보다 특별한 아이들이었다. 우리 아이가 여덟 살이 되던 해, 공동육아를 위해 비슷한 교육관을 가진 엄마들이 모여 결성된 학습동아리 '지구촌 아이'의 구성원들이기 때문이다. '지구촌 아이'는 나의 교육콘텐츠와 다른 엄마들의 다양한 재능 나눔으로 운영되는 마을교육공동체다. 매달 자원봉사와 스포츠, 다문화 체험, 숲캠프, 영어캠프, 역사문학기행 등 다양한 체험활동을 한다.

우리는 '시구촌 아이'를 한결같은 사랑과 정성으로 6년 동안 보살폈다. 미국행을 결정하고 난 이후에는 1년 동안 학부모와 아이들이 함께 공부하고 준비했다. '지구 한 바퀴 프로젝트'를 시작한 이래 가장 대형 프로젝트였다. 특히 일곱 살 때부터 엄마와 함께 중고등학생 형들 틈에서 똑같이 배낭을 메고 다녔던 서원이로서는 처음으로 또래 친구들로 구성된 프로그램에 참여하게 된 셈이었다.

1장

지금
멈추어도 된다

지금
멈추어도 된다

　여러 차례 캠프를 진행하면서 느끼는 것은 집을 떠나 새로운
것을 보고 경험하면서 배우는 것도 많지만 준비하는 과정에서
더 많은 것을 배우고, 연습하면서 더 큰 성장을 얻는다는 것이
다. 어쩌면 실제 여행 과정보다 이것저것 조사하고 알아보고 예
약하고 준비하는 과정에서 더 큰 설렘을 만끽하는 것도 비슷한
것 같다.

　열세 살 아이들의 미국행을 준비하는 1년여의 과정은 더욱 그
랬다. 처음부터 차근차근 기본적인 생활습관과 꿈의 멘토의 메
인 프로그램인 IRM(자기정체성 관계관리 프로그램)까지 충실히
습득했다. 아이들과 나의 첫 도전의 아름다운 성취를 위해!

실제 여행지에서는 낯섦과 두려움과 함께 생존력을 발휘해야 하지만 여행을 떠나기 전까지는 늘 기대와 설렘을 만끽한다. 우리는 아이들과 함께 1년 가까운 긴 시간 동안 습관을 바꾸고 스스로를 강인하게 만들면서 여행을 떠나기 전에 이미 의미있는 성장을 거듭했다. 짐 싸기, 옷 입기, 빨래하기, 청소하기, 그릇 씻기, 식사 준비 등 부모님과 함께 살 때는 전혀 신경 쓰지 않아도 저절로 이루어지던 일들도 모두 자기 손으로 할 수 있도록 준비를 갖췄다. 심지어 민정이는 한 달 동안 생수통 뚜껑을 혼자 따는 연습까지 했다.

왜 일찍 자고 일찍 일어나야 하는지, 왜 운동을 하고 체력을 길러야 하는지, 왜 골고루 먹어야 하는지 등 생존 관련 기능과 의미도 다시 공부했다. 그리고 왜 책을 읽어야 하는지, 왜 친구를 위해야 하는지, 왜 고운 말을 써야 하는지, 왜 예의와 매너를 지켜야 하는지도 함께 얘기했다. 아울러 2차 성장이 막 시작되는 아이들이라 성교육도 병행했고, 우리나라를 제대로 알리기 위한 준비도 빼놓지 않았다. 물론 미국 생활에 꼭 필요한 영어도 차근차근 함께 공부했다. 학부모들의 참여와 도움이 꼭 필요했기에 학부모 스터디도 함께 진행했다. 지난 6년 동안 학부모들과 함께 보살펴온 '지구촌 아이'의 첫 여행이었기에 여느 해보다 더 큰 애착을 가지고 열정을 다 쏟아냈다.

이처럼 방대한(?) 여행 준비를 위해 매주 한 차례씩 모이다 보니 어느새 1년이 훌쩍 지났다. 아이들도 선생님들도 긴 여행을 떠날 수 있는 몸과 마음이 되어 가는 듯했다.

– 자꾸 반복해 나의 첫 마음! 동기부여와 굳은 결심

보통 해외캠프를 떠나기 전에 1박 2일의 사전캠프를 진행하면서 프로그램을 숙지하고 친목과 결속력을 도모하곤 했다. 하지만 이번 여행은 아이들이 어렸기 때문에 왜 미국을 가려고 하는지 매주 묻고, 동기를 부여하고, 미국행 선택을 격려했다. 이유는 간단하다. 중고등학생들도 부모님과 헤어져 타국 생활을 시작하면 심리적 체력적으로 힘들어했다. 선생님이 아무리 잘해줘도, 교과서에만 보던 멋진 에펠탑에 올라도, 낭만적인 샹들리제 거리를 걷고 있어도 낯선 곳이 주는 설렘과 동시에 익숙하고 편한 것에 대한 그리움이 스멀스멀 올라온다. 하물며 초등학생들은 오죽하겠는가. 그동안 엄마 아빠가 알아서 다 해주던 일들을 스스로 해야 하는 불편함과 어색함, 수고스러움이 따르기에 그리움은 더 클 것이다. 특히 아이들 대부분이 혼자 자란 외동이라 많은 사전 훈련이 필요했다.

– 정서적 금수저

부모들과 함께 조벽·최성애 교수의 저서와 강연 등을 활용해 미래사회 인재상의 개념에 대해 정립했다. "우리는 금수저로 태어나지 않았지만 금수저가 될 수 있다." 그것이 바로 '정서적 금수저'다.

외국에 나가 있을 때는 자신의 감정을 잘 다스리는 것이 매우 중요하다. 길을 잃거나, 기차를 놓치거나, 아이가 갑자기 아프거나, 예산이 부족하거나 등의 문제는 힘을 합치면 해결할 수 있다. 하지만 구성원 사이에 갈등이 생기면 해결하기가 힘들었다. 특히 배낭여행 중에 생기는 갈등은 생존에 대한 부담과 낯섦, 두려움을 바탕에 깔고 있기에 에너지가 어마어마하게 컸고, 쉽게 해결되지 않았다. 나는 이런 경험을 토대로 인성 관련 활동을 가장 중요하게 보고 많은 시간을 투자했다.

그해 1년은 온통 일상이 미국 캠프를 준비하는 시간들이었다. 평소 하지 않던 일을 하는 것, 좋은 습관을 만들어 내는 것…. 확실히 아이들은 적응도 빨랐고 변화도 빨랐다.

– 더 나은 내면의 성장과 인성 훈련을 위하여!

'감사나무, 걱정의 벽, 조별 활동 팀워크 그래프.'

열세 살에 불과한 아이들과 감정의 갈등 없이 지내는 것 자체가 욕심이라는 것은 이미 알고 있었다. 나는 준비 단계부터 솔직한 내 감정을 아이들과 나누었다. 너도나도 정서적 금수저가 되자고. 그래서 갑자기 화가 나거나, 슬프거나, 우울하거나 하는 감정을 스스로 알아차리고 다스릴 수 있도록 함께 공부했다.

'감정'이라는 에너지 덩어리는 내가 스스로 선택하고 만들어가는 것이기 때문에 나 스스로 그것을 조절할 수도 있다. 나 또한 나약한 한 인간으로서, 부대끼지 않고 아이들과 행복하고 즐겁게 지내다 돌아오고 싶은 바람이 컸다. 사실 우리 아이들은 때때로 나보다 더 깊고 깨어 있었던 적이 많았다. 그래서 좋은 감정 나쁜 감정 구분 없이 모든 감정을 알고 존중하되, 최대한 힘을 주는 긍정 에너지를 선택하게 했다.

여행에서는 특히 매슬로의 욕구 5단계 중 1단계인 생존의 욕구가 일단 충족되어야 나머지 욕구를 채울 수 있다. 이런 점을 잘 알고 있었기에 나는 아이들이 잘 먹고 잘 자고 건강하게 여행을 할 수 있도록 각별히 신경을 썼다. 체력이 달리면 나도 모르게 힘이 들고 만사가 귀찮아진다. 괜히 우울해지거나 슬퍼지거나 작은 일에도 서운하고 화가 나거나 여유가 없어진다. 누구든 내 몸이 아프면 다른 누군가를 배려하고 챙기는 일은 쉽지 않다. 감정 조절은 다음 일이다. 다행히 우리는 태극기공 공연을 매일 연습했기 때문에 호흡과 명상의 기회가 있어 도움이 되었다.

길 위에서 자라는 아이들

다른 무엇보다 아이들이 그동안 해보지 않았던 공동체 생활을 통해 다른 사람을 이해하고 협력하는 인성 영재로 거듭나길 바랐다. 그래서 미션을 안 하거나 게으름을 피우는 것보다 상대방의 마음을 아프게 하거나 매너 없이 행동했을 때 더 엄격하게 지도하곤 했다.

흔히 '역사는 승자의 것'이라고 한다. 실제 일어난 일이 중요한 게 아니라 그 일을 어떤 시각에서 바라보고 해석하느냐에 따라 가치 평가가 달라지기 때문이다. 인생도 그렇다. 어떤 일이 일어났을 때, 거기에 어떤 의미를 부여하느냐에 따라 해석은 크게 달라질 수 있다.

나는 아이들과 함께 여행하면서 일어나는 크고 작은 일에 나름의 의미를 부여했다. 나 혼자 겪은 일이라면 심상하게 지나갔을 일들도 아이들과 함께하는 여행에서는 그냥 지나칠 수 없었다. 덕분에 여행에서 만난 모든 상황이 공부이자 가르침이자 깨달음이 되었다. 이 역시 교육의 한 모듈로 정리할 수 있을 것이다. 때로는 무언가를 이루고자 할 때 이런 의미 부여가 하나의 솔루션이 되기도 했다.

IRM 프로그램은 학업 중심 사고에서 벗어나지 못하고 있는 한국의 교육제도에 휩쓸리지 않도록 뿌리를 단단히 잡아수었다. 나의 삶 역시 IRM 프로그램 덕분에 경제적·사회적 성공에 연연

하지 않고 균형을 유지할 수 있었다.

인간은 특정한 시기 혹은 특정한 상황에서 저마다 남다르게 여기는 가치가 있다. 청소년기에는 이성 친구에 모든 것을 걸기도 하고, 대학을 졸업한 뒤에는 취업이나 결혼 또는 자녀가 지상 최고의 가치가 되기도 한다. 나 역시 마찬가지였다. 일에 매진할 때도 있었고 학업에 매진했던 시기도 있었다. 아토피로 고생할 때는 온 마음이 건강 회복에 가 있었다. NGO 단체에서 일할 때는 누가 시킨 것도 아니고 어떤 대가도 없었지만 사회 변혁과 지구 환경 보호에 젊음과 열정을 불태웠다.

지금 내가 최고의 가치를 두는 것은 균형을 이룬 삶이다. 더불어 육체적·정신적 강인함과 만족감, 행복감을 함께 가질 수 있기를 바란다. 그리고 내가 무엇을 원하고 있는지 늘 알아차리고 앞으로 나아가길 바란다.

IRM 프로그램은 내 삶의 모든 과정을 주기적으로 정리하고 체크할 수 있는 현실적이고 실제적인 프로그램이었다. IRM 프로그램을 처음 정리한 2007년부터 나는 어떤 새로운 입시제도가 발표되어도 변함없이 있는 그대로 존재하고 있다. 그저 해가 바뀔 때마다 이번에는 얼마나 더 재미있게, 어디서 무엇을 어떻게 실행할 것인지만 결정하면 되었다.

1. 현실 점검 : 자신에 대한 탐색 분석

– 두뇌 테스트 및 뇌파 검사, 심리유형 검사, 자기 워칭 브레인
 스토밍, 자기에 대한 글쓰기 작업(나의 장점, 내가 잘할 수 있
 는 일, 내가 행복한 순간 등)

2. 목표 관리 : 나의 비전 · 꿈 찾기

– 드림 리스트 페이퍼 활동과 그룹 토의

– 팀 미션 : 목표에 대한 집중력과 협동심 발휘, 리더 발현을 통해
 나만의 성공 스토리 만들기

– 나의 비전 맵 프레젠테이션 : 코칭 프로그램에 참여해서 만든
 나만의 비전 로드맵 발표하기

3. 건강 관리 : 건강 체크, 골고루 먹는 식생활 실천하기

– 매일 규칙적인 운동(근골조정 뇌 체조)으로 숨은 키를 찾아서
 키우고 체력 단련하기

– 자전거 여행, 도보 여행, 실내수영, 클라이밍, 미국의 뉴 스포
 츠, 철인 3종 도전하기

4. 관계 관리 : 팀워크를 통한 대인관계 능력과 리더십 기르기

- 팀 미션 수행과 일상적인 생활(청소, 빨래, 식사)에서 협동과 분업하기
- 매일 시작과 마무리 나눔 활동을 통해 다른 사람의 생각 듣기, 자기 의견 말하기 등 소통 능력 키우기

5. 경제 관리 : 여행 경비 관리하기

- 용돈, 간식, 벌금, 미션비 등 예산 짜고 지출하기

6. 시간 관리 : 시간 관리의 힘 기르기

- 나의 스케줄러 작성하기
- 여행 일정 관리를 통해 효율적으로 시간 관리하기
- 제한된 시간 내 미션 수행을 통해 시간 관리 능력 키우기

7. 정신 관리 : 삶에 대한 철학을 갖추고 행복지수가 높은 어른 되기

- 호흡 독서 : 낭송을 통한 자신감 기르기, 원하는 것을 이룰 수 있는 뇌력 기르기
- 본깨적 : 책에서 본 것, 깨달은 것, 나에게 적용할 것을 글로 써보기. 이를 통해 자아 성찰력 기르기

길 위에서 자라는 아이들

- 독서 토론 : 친구들과 생각 공유하기, 새로운 환경에 대한 생활
  력과 적응력 기르기

이번에는 출국을 앞두고 총연습을 두 번 했다. 전례 없는 일이었지만 연습을 많이 하면 할수록 현지에서 피가 되고 살이 될 것이라 생각했다. 1년 동안 많은 것을 준비하고 훈련했지만 실제로 현지에서 어떻게 적용될 수 있을지는 모든 것이 미지수였다. 부모님, 선생님, 아이들이 모두 모여 다시 한번 꼼꼼하게 점검하고 체크했다. 출국하고 나서 돌아보니 정말 잘했다 싶을 정도로 중요하고 꼭 필요한 시간이었다.

– 내 마음의 준비물 : 지구 한 바퀴 프로젝트의 목표(기대효과)
"여행을 다녀온 뒤 어떤 사람이 될까? 우리 모두 같은 목표를 달성하는 거야!"
  1. 나에 대한 탐색과 이해를 통해 '새로운 나'를 만나고 자아존
    중감을 기른다.

2. 새로운 환경에서의 기본생활 훈련을 충실히 함으로써 생존력을 기른다.

3. 일일미션을 통해 스스로 건강을 관리한다. 시간·경제·목표·관계 관리로 자기 관리의 실행력을 기른다.

4. 자연과의 만남과 새로운 도전, 소통을 통해 자신감을 키운다. 더 큰 세상의 경험을 통해 꿈과 비전을 구체적으로 세울 수 있는 안목과 내공을 기른다.

5. 스스로 일상을 꾸려가는 주도적인 삶을 훈련하여 글로벌 리더로 거듭난다.

이렇게 만들어진 성취는 증명할 수도 없고, 수치로 나타낼 수도 없고, 평가할 수도 없다. 지극히 주관적인 시각에 따라 각기 다르게 해석되기 때문이다. 심지어 본인조차 '내가 정말 그런가?' 할 때도 있다. 하지만 그 성취는 실제로 위기를 만났을 때 그 힘을 드러내곤 했다. 아이들의 뼛속 깊이, 뇌 속 깊이, 세포 하나하나에 '성취회로', '성공회로', '마음의 근육'으로 자리를 잡고 있기 때문이다. 사전캠프 오리엔테이션 때마다 나는 자신있게 이야기하곤 했다.

"무사히 안전하게 돌아오기만 하면 우리 캠프는 90% 이상 성공한 것입니다."

"우리 아이들이 긴 여정을 선택한 것 자체가 이미 성장하고 변화한 것입니다. 그래서 이번 프로젝트는 잘 될 것이고, 성공적일 수밖에 없어요."

사건 사고가 없는 여행은 한 번도 없었지만, 의미 없는 여행 또한 없었다. 모든 경험이 큰 공부였고, 돈으로 살 수 없는 재산이었다. 리더인 내가 추호의 의심도 없이 성공을 확신하니까 학부모도 아이들도 그렇게 믿고 따르게 되었다.

– 배낭 속에 넣어갈 준비물 : 짐은 간소하게(25kg 내외 2개)

지구 한 바퀴 캠프엔 유독 준비물이 많다. 누군가 비용을 걷어 한꺼번에 준비물을 구매하고 나눠주면 쉽고 간단하지만, 우리 캠프는 하나하나 직접 준비하도록 한다. 이런 수고로움은 스스로 돌보는 힘을 기르게 하고, 내가 데려가는 작은 존재들에 대한 책임감도 갖게 한다. 이런 과정을 통해 아이들은 자기 물건이 어디에 어느 정도 분량이 들어있는지 모두 알게 된다. 그리고 도시 이동을 앞두고 짐을 싸야 할 때마다 큰 도움이 되었다. 사전 준비 캠프에서는 준비물 목록을 앞에 놓고 현지에서 무엇을 할지 상상하고 기대하는 이미지 트레이닝 시간을 갖기도 한다.

여권사본 2매, 여권사진 2매, 울산-인천 왕복교통비, 개인경비 (하루 10~15달러, 500달러 이하) 한글책 한 권, 영어동화책 한 권, 여행지 정보, 나의 비전 로드맵, 일기장, 산악체험활동 준비(여름용 긴팔·긴바지 옷, 바람막이 점퍼, 모자, 선크림, 개인 물병, 하루 일정에 적합한 배낭), 3종시합 준비(헬멧, 러닝화, 경기복, 수영복, 수모, 수경, 레이스벨트), 슬리퍼, 바닥이 두꺼운 운동화, 샌들, 체육복, 물놀이용품(수영복, 비치타월 등), 세면도구, 스포츠 수건, 반짇고리, 잠옷, 활동성이 편한 여벌 옷 5벌, 선글라스, 우산, 손톱깎이, 비옷, 메모용 수첩, 필기도구(4B연필, 연필, 지우개, 볼펜, 노트), 손목시계, 개인 식판, 수저 3종, 개인 컵, 물통, 비상식량(개인 기호에 따라 마른반찬, 김, 에너지바 등 간식), 영양제와 비타민, 비상약, 콘택트렌즈, 여분의 안경

* 스마트폰, 게임기 등은 두고 오세요(MP3, 전자사전, 디카는 가능).
* 액체류, 건전지 등은 화물가방에 넣어 주세요.

– 기억해! '캠프 룰'

1. 마인드 : 항상 웃자! 100% 긍정!
   – 부적합한 언어 사용 및 행동 시 벌금 10달러

2. 액션 : 항상 적극적으로! 100% 전력투구!
   – 매일 스스로 평가하기. 미이행 시 벌금 10달러

3. 스케줄 관리 : 시간을 잘 지키자. 미션은 밥 먹듯이 틈틈이
   – 시간에 늦거나 미션 불이행 시 벌금 10달러

4. 팀워크 : 팀원을 내 몸과 같이!
   – 팀워크에 어긋나거나 갈등 발생 시 전원 벌금 10달러

5. 안전 : 자나깨나 안전! 인솔 교사에게 항상 문의
   – 사고에 노출되거나 개인행동 시 벌금 10달러

출발 전 몇 번씩 큰소리로 외치면서 아이들은 캠프 룰을 익혔다. 대부분 '벌금'과 직결되어 있기 때문에 대체로 잘 기억한다. 해마다 그랬다. 쇼핑할 기회가 많았던 미국에서는 특히 아이들이 벌금에 예민했다. 결국 '캠프 룰' 최고의 수혜자는 인솔자인 나였다. 아이들이 자발적으로 캠프 룰을 지키면서 서로를 위하고, 위험한 행동은 알아서 피했기 때문이다. 다소 불합리한 점도 있고, 지나치게 강제적인 면도 있지만 안전이 최우선인 타국이라는 점을 감안하면 꼭 필요한 룰이었다.

선택과 몰입은 쉽다. 이것도 저것도 아닌 중립이 오히려 어렵다. 긍정과 열정을 선택하고 뭐가 되든 적극적으로 임하겠다고 100% 선택하고 나면 우리 뇌는 그렇게 움직인다. 일단 어떤 선택을 하면 될 수 있는 방향으로 움직이게 되어 있다. 그 또한 습관이다. 그래서 기왕이면 아이들이 200룩스 이상의 파워에너지를 선택하도록 벌금이라는 장치를 장착한 것이다.

아이들도 느끼게 된다.

'이렇게 열정적으로, 적극적으로, 긍정적으로 지낸 적이 있었던가?'

이런 경험을 통해 아이들은 진정 이루고 싶은 무언가가 있을 때 그 에너지를 사용할 수 있을 것이다. 어릴 때 자전거를 배워두면 몇십 년이 지나도 계속 탈 수 있는 것처럼 파워에너지를 선택해서 전력투구해 본 경험이 있는 아이들은 필요할 때 그 경험을 되살릴 수 있게 된다.

세상 원리는 모두 통한다. 자전거든 스케이트든 마찬가지다. 일과 학업, 연애에도 적용될 수 있다. 경험해 보지 않으면 얻을 수 없는 것, 경험해 봐야만 얻을 수 있는 것! '경험'이라는 정직하고 귀한 선물을 나는 아이들에게 주고 싶었다.

길 위에서 자라는 아이들

본격적인 출동 준비

– 아메리칸 드림팀의 참가자

보통 캠프는 교사 1명에 학생 4명(4:1)의 비율로 진행한다. 하지만 미국 여행은 열세 살이라는 아이들의 나이를 감안해서 두 아이를 양손에 꼭 붙잡고 다닐 수 있는 2:1 비율로 기획했다. 함께하는 선생님들은 혁신교육에 대한 뜻을 가지고 실천하고 계신 분들로, 오랜 경력과 노하우를 갖춘 베테랑들이었다. 그분들은 지구 한 바퀴 프로젝트를 지지하는 차원에서 실비만 받고 재능나눔 형식으로 동행했다.

- 팀장
  도은 샘 : 기획과 준비, 운영
- 교사 팀원
  지미 샘 : 식사, 운전, 일일미션 지도
  영웅 샘 : 기본생활 지도, 운동미션과 집안일 총괄
  선애 샘 : 전통무예 공연 지도, 운전 보조, 여행 인솔
- 지구촌 아이들
  우서원 : John
  이수민 : William

김윤오 : Alvin

이준호 : Haden

김민정 : Min

서현주 : Joo

– 출격 일정

일정 : 2018년 7월 12일~8월 27일

출발 : 7월 12일 오전 11시 울산KTX-광명역 리무진-인천공항

인천-애틀랜타의 시차는 13시간. 저녁 비행기로 출발, 14시간 비행 끝에 같은 날 저녁 시간 도착. 2017년 1차 미국 여행 때는 낮 비행기를 이용했다. 그때 아이들은 밤새 못 자고 종일 비실비실하며 시차 적응을 하느라 며칠 동안 고생을 톡톡히 했다. 그래서 이번에는 저녁 비행기를 타고 저녁에 도착해서 푹 자고 다음 날부터 정상적인 미국 생활을 할 수 있도록 구성했다. 경험으로 얻은 꿀팁이었다.

– 여행 지역

미국 동부 일대(플로리다~뉴욕)

본래 '앨라배마 → 플로리다 → 조지아 → 노스캐롤라이나 → 버지니아 → 워싱턴 → 뉴욕'까지 다녀오는 일정이었으나 태풍

으로 귀국이 연기되면서 펜실베이니아와 테네시도 들렀다.

1차 미국 여행 때는 플로리다에서 뉴욕까지 하루 12시간 운전을 혼자 했다. 강철 체력에 미국인들도 감탄했었다. 워낙 땅이 넓고, 도로도 넓고, 끝없는 직진이라 플로리다에서 버지니아까지 올라오는 길은 운전만 할 줄 알면 아주 쉽다. 하지만 워싱턴부터 펜실베이니아, 뉴욕까지는 꽤 혼잡했다. 특히 맨해튼은 일방통행 도로와 공사 중인 도로가 많고, 차량과 사람, 자전거 등이 얽혀 상상을 초월할 정도로 혼잡하다. 맨해튼에서 운전을 해보고 한국에 돌아오니, 어딜 가도 한산해 보였다. 당시 운전 때문에 고생한 경험을 바탕으로 이번 캠프는 모든 선생님들께 국제면허증을 발급받아 오도록 요청했다.

2장

스마트폰 없이
살아보기

스마트폰 없이
살아보기

출국하기 전 한국에 살고 있는 미국인 친구와 대구 수성못이 한눈에 보이는 테라스에 앉아 저녁식사를 했다. 스마트폰으로 수성못과 생맥주가 잘 어우러진 순간을 담은 사진을 몇 장 찍어 SNS에 올렸다. 그리고 미국행을 도와준 그 친구에게도 사진과 함께 고맙다는 메시지를 보냈다. 그때 미국인 친구는 내게 물었다.

"도은, 내게 할 말을 왜 나한테 안 하고 스마트폰에다 해?"

"아! 맞네!"

우리는 동시에 빵 터졌다. 미국인 친구의 이야기는 계속 이어졌다. 한국 사람들은 맛있는 음식을 먹으러 가서는 함께 식사하고 있는 앞사람이 아니라 스마트폰에다 음식 이야기를 하고, 같이 경기를 뛴 친구들이 아니라 스마트폰과 시합 이야기를 나눈다는 것이다. 그의 말을 들으면서 우리는 '현재'가 아니라 스마트폰 속의 또 다른 세계에 살고 있는 게 아닌가 하는 생각이 들었다. 특히 요즘 아이들에게 스마트폰은 세상의 모든 것이다. 신속한 접근성과 방대한 정보력은 이루 말로 할 수 없을 정도다. 반면에 스마트폰의 속도를 따라가지 못하는 우리의 마음은 외로움과 공허함에 사로잡히기도 한다.

46박 47일 동안 만난 아날로그 세상

　미국 여행 때는 공연을 할 때마다 많은 사람이 스마트폰으로 우리를 촬영했다. 그때 나는 '손바닥만 한 스마트폰 화면을 통해 보는 것보다 지금 바로 앞에 펼쳐진 우리의 모습을 직접 그대로 보는 것이 훨씬 감동일 텐데'라고 생각했다. 한국도, 미국도 그렇게 스마트폰에 길들여져 살아가고 있다.

　지구 한 바퀴 프로젝트에는 스마트폰 휴대가 금지다. 즉 아이들은 스마트폰 없이 여행을 떠난다. 인솔 교사와 아이들이 서로 연락할 길이 따로 없기 때문에 돌발상황에 대한 부담이 매우 크다. 그럼에도 나는 스마트폰 없는 여행을 10회째 고집하고 있다.

아이들이 지구 곳곳의 다양한 모습과 분위기를 '맨눈으로' 충분히 만끽할 수 있기를 바라기 때문이다. 무엇보다 현재 내 앞에 있는 사람과 나 자신에게 집중할 수 있는 시간을 갖게 되기를 바랐다.

스마트폰이 아이들의 손에 쥐어진 상태에서는 아이들을 감동시키기가 매우 어렵다. 함께 있어도 함께 있는 것 같지 않고, 같은 공간에 있어도 각자 다른 세상에 빠져있다.

10년 전 호주 여행 때는 KTX역 앞에서 부모와 아이들이 스마트폰을 두고 가는 문제로 전쟁을 치렀다. 그날 이후 사전캠프 때 미리 스마트폰의 좋은 점과 나쁜 점을 함께 토론하고, 스마트폰 없이 하는 여행을 받아들이고 선택하도록 하는 시간을 가졌다. 덕분에 아이들도 24시간 함께하던 스마트폰이 없는 일상을 쉽게 받아들였다.

이번 아이들도 예외가 아니었다. 긴 시간 아이들과 떨어져 있으면서 자주 소통하고 싶어하는 부모들의 마음도 충분히 이해할 수 있다. 하지만 지난 수차례 여행에서 스마트폰이 없음으로 해서 얻은 다양한 효과를 설명하며 거듭 설득했다. 스마트폰 없는 47일은 아이와 부모, 인솔자 모두에게 새롭고 거대한 도전이었다.

스마트폰 의존의 부작용은 열세 살 아이들이라고 해서 예외가 아니었다. 요즘 아이들은 기본 검색뿐 아니라 유튜브, 게임 등

길 위에서 자라는 아이들

다양한 놀거리들을 스마트폰 속에서 찾아낸다. 어린 시절 친구들과 함께 모여 땀을 뻘뻘 흘려가며 즐겼던 고무줄놀이와 딱지치기 등의 놀이는 이제 찾아보기 힘들다.

　나는 스마트폰의 놀라운 속도감에 빠져있는 아이들에게 조금 느려도 괜찮고 때로는 멈추어도 된다는 것을 알게 해주고 싶었다. 특히 스마트폰보다 더 재미있고 신나는 일이 많다는 것을 오감을 통해 느껴보기를 바랐다. 무엇보다 아이들이 미국이라는 나라와 미국인 가족에 흠뻑 빠져 그 순간을 충실히 지냈으면 했다. 그래서 미국에 있는 동안 심심할 틈이 없을 정도로 많은 미션을 제공했다. 더러는 아이들 스스로 미션을 만들어내기도 했다. 그렇게 스마트폰 없는 시간은 훌쩍 지나갔다.

　– 스마트폰 대신 보드게임
　여행 중 아이들은 쉬는 시간에 주로 집에 있는 덩치 큰 보드게임을 했다. 호스트의 아이가 우리 아이들 또래여서 다양한 보드게임이 있었다. 오렌지 가족의 손녀들이 놀러 왔을 때도 보드게임은 아이들이 함께 놀면서 쉽게 친해질 수 있는 좋은 매개체가 되었다. 식당을 가거나 이동 중 대기하는 짧은 시간에도 아이들은 주머니에 카드를 넣어 다니며 간단한 게임을 했다. 특히 미국 생활 중반부, 동부 일주의 긴 여행을 앞둔 플로리다 여행은 충전의 시간이었기에 일기 쓰기 외에 다른 미션이 없었다. 그래서 바다에서 노는 시간 외에는 아이들이 재미있는 놀이를 스스로 찾아내고 만들어가며 웃음소리가 자주 까르르르 넘쳐났다. 여느 한국의 여름휴가처럼 각자 스마트폰을 보며 시간을 보내는 일은 상상도 할 수 없었다. 심지어 비행기를 기다리는 짧은 순간에도 아이들은 카드게임을 즐기며 지루함을 잊었다.

– 움직이는 노래방

스마트폰과 거리 두기는 한국에서부터 시작되었다. 아이들과 차량 이동을 할 때마다 선생님들은 "움직이는 차 안에서 폰 보지 말자! 멀미 나고 눈 나빠져요! 내려서 하자"라고 소리치곤 했다. '꿀잼' 같은 시간을 빼앗긴 아이들과 선생님 사이에는 늘 미묘한 감정 다툼이 있었다. 하지만 미국에서는 그런 긴장을 걱정할 필요가 없었다. 아예 스마트폰이 없었기 때문이다.

아이들은 차에 타자마자 "뮤직 플리즈"를 외쳤다. 따라 부르기도 하고 차가 흔들릴 정도로 들썩들썩 엉덩이춤을 추기도 했다. 노스캐롤라이나에서 버지니아, 워싱턴, 뉴욕으로 가는 장거리 이동 때는 미리 준비해간 두 개의 노래방 마이크가 '열 일'을 했다. 차례로 독창을 하기도 하고, 방금 부른 노래에 대한 이야기를 나누기도 하고, 고래고래 소리를 지르며 떼창을 부르기도 했다. 좁은 공간에서 서로에게 집중하며 800km를 넘게 달리니, 노래를 부르는 이도 듣는 이도 모두 각자의 에너지를 원 없이 쏟아내었고, 그 시간은 자연스레 힐링 시간이 되었다. 처음에는 별로 관심이 없는 노래도 있었지만 한 달 보름을 같이 다니며 듣다 보니 모든 곡이 아이들 모두의 애창곡이 되었다.

– 언제 어디서나 케이팝 댄스!

횡단보도 앞에 서 있는 교복을 입은 아이들은 신호대기 때뿐만 아니라 횡단보도를 건널 때도 모두 손바닥을 향해 고개를 숙이고 있다. 스마트폰을 보는 것이다. 하지만 '지구촌 아이'들은 미국에 있는 동안 스마트폰이 없었기 때문에 많은 것을 볼 수 있었다. 오감을 활짝 열어두었기에 몽고메리의 맑은 하늘도, 붉은 노을도 볼 수 있었다. 거리에 울려 퍼지는 음악 소리를 따라 흥얼거리기도 하고 음악에 몸을 맡겨 춤을 출 수도 있었다.

몽고메리에서 아이들과 함께 장을 보러 나오던 어느 날 저녁이었다.

"우와! 하늘 봐봐! 진짜 예뻐!"

"아! 정말 그렇네!"

"오 예!"

'이럴 땐 이렇게!' 하며 한 아이가 하늘을 품에 안을 듯 몸을 흐

느적거렸다.

맑은 하늘도, 쾌청한 공기도 오감을 깨우기에 충분했다.

동부 여행을 하는 동안은 일일미션을 하기가 쉽지 않았다. 아이들은 매일 해야 할 숙제가 일기밖에 없다는 것 하나만으로도 신이 났다. 그 때문인지 여행을 하는 동안 피곤한 기색 없이 넘치는 에너지와 끼를 발산하는 데 여념이 없었다. 지적인 도시 워싱턴을 누빌 때도, 전 세계 여행객들이 몰려드는 뉴욕의 중심가 타임스퀘어에서도, 걷는 것도 복잡한 브로드웨이에서도, 대형 쇼핑몰에서도 BTS 음악이 흘러나오면 저절로 댄스가 나왔다.

"우와! 미국 사람들은 정말 BTS 노래를 좋아하나 봐!"

"이렇게 한국이 대단한 나라다! 알겠나?"

"아임 코리안, 유 코리안, 위아 소 프라우드! 오케이?"

아이들은 BTS 음악이 흘러나올 때마다 저절로 어깨에 힘이 쭉 들어가면서 한국인임을 자랑스럽게 뽐냈다. 그리고 줌바 시간에 배운 동작들을 하면서 흥에 넘쳤다. 귀여운 우리 아이들을 바라보는 선생님들은 그저 재미있기만 했다. 스마트폰이 없는 세상이 우리에게 준 소중한 선물, 익숙한 것을 버리고 미디어에서 벗어나 온전히 자신에게 집중해서 온몸으로 누리는 이 순간이 바로 진정한 자유의 순간이 아닐까?

아이가 알아서 착착 스스로 책을 읽고, 공부를 한다면 엄마들은 얼마나 좋겠는가.

'60분 신공'을 준비한 건 2017년 미국 여행 때부터였다. 학업 성취도가 좋은 인문계 고1 친구들이 요구한 학습시간 때문이었다. 여행하는 동안 학습에서 아예 손을 놓지 말고 매일 짬을 내어 집중 공부를 해보면 어떨까 했던 것이다. 함께 지낸 수빈이네 꼬맹이(일곱 살, 아홉 살, 열세 살)들과 우리 아이도 그 시간만큼은 누나들을 따라 흉내 내듯 집중했다. 이번 미국 여행 때도 일과 중 일부를 독서와 학습, 영어 듣기로 구성했다.

– 하루 한 시간 책읽기(독서 습관 선물)

아이들의 준비물에 한글책 한 권과 영어동화책 한 권을 포함시켰다. 목표는 여행 중에 한글책 여섯 권과 영어책 여섯 권을 읽는 것이었다. 책읽기를 좋아하는 아이, 싫어하는 아이, 매일 한 시간씩 독서를 해본 아이와 안 해본 아이까지 다양했다. 하지만 나는 아이들이 여행기간 동안 매일 한 시간이라도 단무지(단순하고 무식하게 지속적으로) 독서를 경험하도록 하고 싶었다. 방법은 간단하다. 친구들과 모여 뒹굴거리며 각자가 좋아하는 책을 알려주는 것이다. 즐겁고 재미있게, 가볍게 놀이처럼 즐기는 독서로 책읽기와 친숙해지기를 원했다.

처음 며칠은 중구난방이었다. 독서 습관이 든 아이들은 집중해서 책을 읽지만 습관이 안 든 아이들은 친구들이 책 읽는 모습을 구경하거나, 두리번거리거나, 장난을 치기도 했다. 하지만 처음에는 10분이었던 집중 시간이 20분이 되고, 30분이 되고 조금씩 늘어났다. 완벽하진 않지만 독서를 일상으로 만들어보는 시간이었다. 무엇보다 다른 아이들의 독서시간을 충분히 존중했기 때문에 자연스럽게 스스로 배우고 익혀가는 시간이 될 수 있었다.

책을 읽은 뒤 나누는 아이들의 수다는 재미와 흥미를 더했다.

아울러 일과 후 미팅 때마다 '건강과 식습관에 대한 자료'를 음독(낭송)해 보았다. 같은 내용을 소리 내서 읽고 자기 생각과 의견을 나누는 것이다. 여행 중엔 잘 먹고 잘 자고 잘 쉬는 것이 중요하다. 이 때문에 여행 중 식생활과 운동 등이 우리에게 주는 영향에 대한 내용을 많이 포함시켰다. 덕분에 일과 후 미팅은 '내가 지금 잘하고 있구나. 나에게 이로운 것을 많이 하고 있구나!' 하는 확신의 시간이 되었다.

– 영어 임계질량의 법칙

서원이는 매일 엄마표 영어를 꾸준히 하고 있다. 영어는 계속 반복해서 들으면 자연스레 말이 나오게 된다고 한다. 미국 여행 때도 책 대신 미국 텔레비전 방송이나 영화를 자유롭게 한 시간씩 보고 듣는 것으로 영어 공부를 대신했다. 아이들은 특히 이 시간을 좋아했다. 미국 예능 프로그램을 보고 깔깔거리기도 하고, 넷플릭스로 영화를 골라 보는 것도 즐거워했다. 자막이 없기 때문에 더 집중할 수밖에 없었던, 영어 노출 시간이었다.

'그렇게 하루 한 시간 재미로 듣는 게 얼마나 효과가 있겠어?' 하는 사람도 있다. 하지만 아예 하지 않는 것보다는 하는 것이 훨씬 낫고, 가끔 하는 것보다 매일 하는 것이 확실히 낫다. 가랑비에 옷 젖듯, 시간이 쌓일수록 아이들의 영어 실력은 늘어갔다. 귀국 후에는 몇몇 아이들과 매일 아침 7시에 모여 아이들이 선택한 〈해리포터〉를 보면서 영어 흘려듣기를 했다. 귀국 직후인 9월쯤 시작했는데, 3개월 정도 지나니까 아이들은 대사를 거의 외우다시피 했다. 주인공의 대사를 따라 하기도 하고 다음 대사를 미리 말하기도 했다. 결국 아이들은 〈해리포터〉만큼은 자막 없이 볼 수 있게 되었다. 특별한 능력이 있어서가 아니라 매일 꾸준히 들었기 때문에 가능했던 일이다.

물리학에 '임계질량의 법칙'이라는 게 있다. 어떤 조건이 일정 수준 채워지면 변화가 일어난다는 뜻이다. 예를 들면 섭씨 0도가 되면 물이 얼음으로 변하고, 섭씨 100도가 넘으면 수증기로 변하는 것 능이다. 아무리 빨리 물을 끓이고 싶어도 섭씨 100도가 되지 않으면 물은 끓지 않는다. 영어를 비롯한 외국어는 특히 임계질량의 법칙이 잘 적용된다. 귀로 넘칠 만큼 들으면 저절로 입을 통해 말이 나오게 된다. 운동처럼 매일 꾸준히 해야 하는 것이 언어 공부다.

나는 미국 여행을 통해 아이들이 매일 반복적으로 영어를 듣고 말하면서 영어와 친숙해지기를 바랐다. 아무리 영어환경에 노출된다 하더라도 단번에 영어 실력이 늘어나는 것은 아니다. 실력이 느는 게 눈에 보이는 것도 아니다. 하지만 그렇게 즐겁게 놀면서 영어에 노출되는 시간이 쌓이면 어느 순간 자신도 모르는 '영어 내공'으로 나타나게 된다. 바로 이것이 영어의 '임계 질량의 법칙'이다.

– 하루 한 시간 집중 학습

교육학에서 제시하는 필수 학습 집중 시간은 학년 곱하기 10분이다. 따라서 6학년인 우리 아이들은 60분 동안 집중할 수 있어야 한다. 집중 학습 시간은 다른 60분 신공보다 좀 더 집중력을 가지고 진행되었다. 여행기간 동안 마무리해야 할 목표가 있었기 때문이다. 목표 달성은 또한 '공부할 때는 공부하고 놀 때는 논다'는 몰입에 대한 체험회로를 만들어 주는 것이었다.

아이들은 각자 실력에 맞는 연산력 문제지와 미리 준비해온 교재를 정해진 양만큼 풀어냈다. 개인차는 있었지만 최대한 함께할 수 있는 분위기를 만들어 나갔다. 혹여 장난을 치거나 놀다가 하루 분량을 못 해내면 벌금이 부과되니 안 하고 노는 일도 이내 사라졌다. 실력 쌓기가 아니라 꾸준한 습관 기르기를 목표로 하니까 아이들은 매일 집중적으로 공부를 하게 되고, 차곡차곡 실력도 쌓여갔다.

일일미션만 해도 반나절이 훌쩍 간다. 귀국해서 일상에 돌아와 보니 미국에서는 정말 외로울 틈도 없이 바빴다는 걸 새삼 알게 됐다. 감정도 습관이다. 관성의 법칙으로 가속도가 붙는다. '심심해'라고 생각하기 시작하면 계속 심심하다, 따분하다, 재미가 없다. 그 감정의 줄기를 타고 급기야는 '괜히 왔다', '집에 가고 싶다'는 감정에까지 다다른다. 기차로 이동할 때나 숙소에 돌아와서는 편안한 집을 그리워하고, 한국에 두고 온 나의 일상, 편안하고 익숙했던 것들을 떠올리게 된다. 이런 감정의 소모를 막을 수 있는 것이 개인 미션과 팀 미션이다.

특히 우리가 머물렀던 몽고메리는 별다른 볼거리가 없었기 때문에 아이들을 현재에 집중하게 하기 위해서는 좀 더 바쁘게 만들어야 했다. 한정된 에너지로 여섯 명의 아이들이 모두 만족할 만큼 충분한 관심과 사랑을 나누어 줄 수는 없었다. 다만 그들이 오늘에 기뻐하고 행복할 수 있노록 새로운 공간을 안내하고, 새로운 사람들을 만나게 하고, 새로운 도전을 해볼 수 있도록 아이디어를 내고, 제공하는 것이 나의 역할이었다.

어떤 날은 일일미션 때문에 벌금도 내고 잠도 못 자기도 했지만, '미션'은 외부 일정을 마치고 숙소로 돌아온 아이들이 스스로 움직이게 하는 장치가 되었다. 또한 아이들이 서로 협력하고 함께 문제를 해결하는 고리가 되기도 했다.

언젠가 다른 멤버들보다 한 살 어린 준호가 일일미션인 학습지가 밀린 일이 있었다. 그때 준호의 미션을 모두의 미션으로 돌리고 내일 정해진 시간까지 풀지 못하면 모두가 벌금을 내야 한다고 했다. 아이들은 모두 준호 옆에 붙어 앉았다. 그리고 학습지를 지도해주거나 부채질을 해주고 물을 가져다주는 등 준호에게 자신들의 에너지를 보태주었다. '미션'이 아니었다면 보기 힘든 광경이었을 것이다.

꾸준함의 미덕(몸짱·뇌짱 운동)

체력이 곧 스펙이다! 지구촌 어디를 가나 반드시 매일 하는 것이 운동미션이다. 운동미션은 꾸준함의 미덕을 뼛속 깊이 체감

할 수 있게 한다. 인간의 신체는 운동을 통해 진화 아니 변종될 수 있다. 아이들과 함께하면서 가장 중요하게 생각하는 부분이 체력이다. 내 삶에서 가장 중요하게 생각하는 것 역시 건강이다. 몸이 건강해야 원하는 걸 할 수 있다. 책임과 의무, 사랑과 봉사도 건강해야 가능하다.

– 변화의 시작은 몸 쓰기부터

새로운 학생을 만나 컨설팅을 시작할 때 가장 먼저 하는 질문은 "몇 시에 자고 몇 시에 일어나요?" 하는 것이다. 그 답 하나만 들어도 가정의 분위기나 아이의 생활패턴을 어느 정도 파악할 수 있다. 늦게 자고 늦게 일어나는 아이들은 보통 야식을 즐기고, 잠자리에 드는 시간이 늦고, 아침식사를 거르는 경우가 많다. 아침에 여유가 없으니 등교하기도 바쁘다. 학습습관이나 꿈은 그 다음 문제다.

멘토링을 할 때는 학생과 부모는 물론 함께 사는 모든 가족의 동의가 필요하다. 내가 주로 만나는 시간이 새벽이기 때문이다. 아침 6시에 아이를 만나 체조, 운동장 돌기, 팔굽혀펴기 등 '영혼의 맨손체조'를 한다. 그러면서 어제보다 한 개라도 더, 1회라도 더 많이 하면서 신체뇌력에 힘을 쌓도록 한다. 이어서 10분 호흡 독서와 시간관리 스케줄러 짜기, 학습관리까지 진행된다. 그리고 가족들과 함께 아침식사를 하고 파이팅을 외친 다음 등교를 하게 한다.

사소해 보이지만 이런 일과가 쌓이면서 아이는 물론 가족 전체에 나타나는 변화는 엄청나다. 아이들의 말을 빌리자면 "아침 반찬이 달라졌다" "아빠도 아침에 독서를 하신다" 등이다.

평소 운동을 좋아해서 체력은 좋은데 공부습관이 없어서 성적이 좋지 않은 아이. 공부습관이 잘 잡혀서 성적은 좋은데 몸을 움직이는 건 싫어하는 아이. 이런 아이 둘이 있을 경우, 어떤 아이를 코칭하는 게 더 큰 효과를 거둘 수 있을까? 나는 첫 번째 아이를 선택한다. 이유는 간단하다. 평소 몸을 잘 쓰는 아이들은 기본적인 뇌력이 좋다. 왜 공부를 해야 하는지 동기만 찾으면 학습습관을 만드는 건 쉽다. 공부 못한다고 나무랐던 부모는 아이의 드라마틱한 변화에 놀란다. 반면에 두 번째 아이는 일단 체력을 키워야 한다. 매일 도는 운동장 바퀴 수가 늘어나고 팔굽혀펴기 개수가 늘어나면서 몸을 움직이는 데 대한 자신감을 찾으면 일상에도 활력이 생긴다. 몸이 깨어나는 것은 곧 뇌가 깨어나는 것과 같다는 걸 나는 오랜 경험으로 알게 되었다. 나 역시 꾸준한 운동으로 건강을 되찾고 강인한 체력을 가지게 되면서 업무효율과 학업능력뿐만 아니라 삶 자체가 송두리째 바뀌었기 때문이다.

– 몸짱 · 뇌짱

오랜 기간 집을 떠나 낯선 곳을 돌다 보면 긴장감 하나만으로도 에너지가 몇 배나 소모된다. 게다가 평소보다 이른 시간에 일어나 움직이기 위해서는 더욱 탄탄한 체력이 필요했다. 그래서 캠프는 체력미션을 수행할 수 있는 아이들을 우선으로 선정했다. 특히 미국 동부 일주는 최장 기간, 최연소 멤버였기 때문에 더더욱 철저한 준비가 필요했다.

우선 몸이 건강해야 하는 이유, 체력을 길러야 하는 이유 등을 이론적으로 공부하고, 영상을 보면서 함께 토론하고 자신의 생각을 발표하는 시간을 여러 차례 가졌다. 이를 바탕으로 체력 보강에 많은 힘을 썼다. 아울러 미국 현지에서 철인3종에 참가하기 위해 주중에는 수영강습, 주말에는 자전거 타기와 달리기를 했다. 때때로 늦은 저녁 아파트 광장에 모여 함께 줄넘기, 혼자 줄넘기 등 줄넘기 놀이를 하기도 했다. 비가 오거나 날이 너무 추워서 빠지는 날도 있었지만, 아이들은 그렇게 미국행을 목표로 몸을 쓰는 경험을 쌓아나갔다.

미국에 도착한 날부터 줄넘기 횟수를 100개부터 시작해서 매일 100개씩 늘렸다. 혹시 다른 일정이나 날씨 때문에 미션을 하지 못하면, 다음날은 그 전날 것까지 합쳐서 200개를 늘렸다. 1초에 두 개꼴이었다. 아이들은 결국 3,000개도 거뜬히 해냈다.

그리고 윗몸일으키기와 팔굽혀펴기는 둘씩 짝을 지어 '어제보다 하나라도 더!'라는 미션을 수행했다. 마무리로는 다 같이 모여 플랭크를 했다. 플랭크 역시 1분부터 시작해서 매일 5초씩 늘려나 갔다.

이렇게 매일 매일의 운동미션 덕분에 아이들은 기초체력이 다져지고, 자신을 믿는 내면의 힘이 생겼다고 나는 믿는다. 무엇보다 47일 동안 단 한 명도 아프지 않고 무사히 돌아올 수 있었던 것은 아이들이 매일 해왔던 운동 덕분이라 생각한다.

– 꾸준한 운동미션으로 자신감을 얻은 아이들

유럽 캠프에 참여했던 한 중1 여학생은 마음씀씀이가 예쁘고 참을성과 정신력이 강했다. 그런데 윗몸일으키기를 아예 못했다. 엉덩이를 번쩍 들어 올렸다가 쿵! 하고 바닥을 찍어 올라오는 배치기를 해서야 1분에 겨우 세 개를 해냈다. 하지만 그 아이 역시 '어제보다 하나 더'라는 미션을 피해 갈 수가 없었다. 네 개, 다섯 개, 여섯 개…. 귀국할 무렵 그 여학생은 배치기를 하지 않고도 35개를 해냈다.

올해 고3이 된 아이는 아직도 유럽 캠프 때 얻은 윗몸일으키기 실력을 이야기한다. 체력장 때마다 저질체력 몸치로 늘 주눅이 들었는데, 윗몸일으키기 하나를 제대로 할 수 있게 되면서 무엇이든 연습하고 꾸준히 노력하면 되는구나 하는 자신감을 얻었다는 것이다.

숙제를 싫어했던 키 큰 남자아이는 잠재적인 재능이 많고 유쾌한 친구였는데, 조금만 힘이 들어도 쉽게 포기하곤 했다. 그아이와는 주말마다 밀린 숙제 양만큼 달리기를 몇 달 동안 했다. 그러던 어느 날, 그 아이가 체력장 오래달리기 종목에서 1등을 했다고 전화를 해왔다. "힘든 걸 싫어하는 내가 오래달리기에서 1등을 하니까 친구들도 선생님도 놀라고 저도 깜짝 놀랐어요"라고 신이 나서 이야기를 했다. 숙제 때문에 시작한 '벌칙 달리기'였는데 그것이 꾸준히 쌓여서 그런 성취를 이룰 수 있게 된 것이다.

이런 기쁜 경험들은 '꾸준함의 미덕'에 더욱 확신을 불어넣어 주고, 다음 캠프 아이들에게도 좋은 동기부여 사례가 되었다.

- 운동미션의 선순환

몸은 정직하다. 노력에 대한 대가 또한 정직하다는 것을 아이들은 일일미션을 통해 체득해 나갔다. 운동미션의 또 다른 효과는 관계 개선이다. 모르는 친구들이라도 함께 땀 흘려 운동을 하다 보면 서로 잡아주고 당겨주고 응원하고 격려하고 챙기면서 빠른 시간에 가까워진다. 특히 이번 아이들은 오랫동안 함께 생활하면서 기본적인 생활습관의 차이로 생기는 잔잔한 갈등과 장애 그리고 스트레스 등을 운동미션을 통해 풀어나갔다. 그 덕분에 운동미션 후 이어지는 학습시간은 '공부시간'임에도 불구하고 웃고 떠들고 장난치며 화기애애한 분위기로 마무리하고, 자유시간 또한 똘똘 뭉쳐 즐겁게 보내게 되었다.

본래 미션이기 때문에 억지로라도 해야 하는 일인데, 그것을 성실히 해냄으로써 본인이 정말 하고 싶었던 걸 더 즐겁게 할 수 있게 되었다는 사실을 아이들은 알까? 아마도 운동이 우리 뇌에 미친 효과와 원리를 이해하게 된다면 그제야 '그때는 정말 하기 싫었는데, 하고 나면 개운하고 뭔가 상쾌하고 그랬던 게 다 이유가 있었구나!' 하고 돌이켜볼 수 있겠지.

이 모든 게 아이들이 '직접' 해냈기 때문에 얻은 것들이다. 미션은 내가 준 것이지만 실행은 아이들의 몫이다. 어쩌면 아이들에게 너무 많은 요구를 한 게 아닐까 싶은 마음이 들기도 한다. '그냥 즐거운 체험활동처럼 놀게 해도 되지 않았을까?' 하지만 귀찮아도 매일 아침 수행했던 시간들 덕분에 더 신나게 놀 수 있었다는 생각이 더 크다.

잠시 플라톤의 말을 떠올려본다.

"신이 우리에게 준 성공에 필요한 두 가지 도구는 교육과 운동이다. 하나는 영혼을 위한 것이고, 다른 하나는 신체를 위한 것이다. 하지만 이 둘은 결코 분리할 수 없다. 둘을 함께 추구해야만 완벽함에 이를 수 있다."

글을 읽는 게 정보의 입력이라면, 글을 쓰는 것은 정보를 출력하는 일이다. 특히 여행에서는 기록이 중요하다. 아름다운 스위스의 알프스를 직접 본 순간의 생생한 느낌은 시간이 지날수록 희미해져 간다. 그래서 '지구 한 바퀴'에서 나눠주는 워크북에는 매일 시간별로 활동내용과 느낌을 적는 난이 있다. 이번 아이들은 특히 출발 전부터 여행에세이 출간이라는 목표가 있었기에 시간관리를 3P 바인더에 기록하고, 매일 일기를 쓰도록 했다. 일기 형식은 독서감상문 또는 영어일기, 감사일지 등 본인이 원하는 대로 자유롭게 적을 수 있게 했다. 중요한 것은 형식이 아니라 그때의 마음이기 때문이다.

– 일기 쓰기

일곱 살 때부터 지구별 유랑에 합류한 서원이는 사교육을 받지 않는 대신 매일 '일기 쓰기'와 '운동하기'는 빼놓지 않았다. 일기는 내용이나 형식에 구애받지 않고 자유롭게 쓰게 한다. 어릴 때는 그림을 주로 그렸고, 지금은 문장이 많은 날도 있고 글 몇 줄에 그림을 그리는 날도 있다. 그렇게 스스로 쓴 일기장을 차곡 차곡 모아보니 소중한 서원이의 기록이 되었다. 특히 열여섯 살이 된 요즘 시기에는 일기장이 마음의 소통의 도구가 되기도 한다. 말로 하긴 어렵지만 일기로는 마음속 이야기를 할 수 있기 때문이다.

– 감사일지 쓰기

긍정적인 마인드를 갖는 가장 좋은 방법은 감사일지 쓰기다. 세상 어떤 일이든 생각하기에 따라 불행한 상황이 되기도 하고 감사한 일이 되기도 한다. 어릴 적 내가 넘어지거나 다쳐서 집에 돌아오면 엄마가 늘 해주시던 말씀이 있다.

"그만하길 천만다행이다."

손가락이 세 개씩이나 부러져서 와도 엄마는 "아이고 다행이다. 고맙다." 이렇게 말씀하시곤 했다. 얼마나 긍정적이고 감사한 말씀 인지 이제야 다시 되짚어보게 된다.

몇 년 전 꿈의 멘토 선생님들과 '21일 릴레이 감사일지 쓰기'를 한 적이 있다. 처음엔 매일 감사할 일을 찾다가 나중에는 아침 일찍 부터 감사한 일을 만들기 시작했다. 그러자 부정적인 마음이 저절 로 사라지고 긍정적인 마음으로 채워져 갔다. 다른 사람의 감사일지에 내 이름이 감사의 대상으로 들어가면, 뭔가 모르는 뿌듯함과 함께 내가 원래 그런 사람이었던 것처럼 선한 마음을 가지려 애쓰게 된다. 그렇게 21일 동안 이어가니까 감사하는 습관이 자리를 잡아가는 듯했다.

아이들은 내가 아무리 잘해줘도 공동체 생활에 대한 불편함과 부모님에 대한 그리움 등으로 힘들어했다. 그리고 한국이라면 안 해도 되거나 대충 해도 될 일을 끊임없이 해야 했기 때문에 거기서 오는 불편함과 불만도 많았을 것이다. 하지만 아이들은 매일 감사일지를 통해 조금씩 긍정적인 마음을 가지게 되었고, 일상의 불편함을 고마움으로 받아들일 수 있게 되었다.

오렌지 가족과 여행 중에는 아이들이 영어로 감사일지를 쓰고 데이비드와 넬이 지도를 해줬는데, 그분들은 이런 활동을 매일 한다는 것에 감탄했다.

"도은, 당신은 참 좋은 선생님이다. 내 손주들도 도은의 캠프에 보내고 싶다. 이렇게 긍정적인 마음만 갖게 되어도 인생이 변화하고, 행운이 가득한 사람이 될 것이다."

작고 사소한 것들부터 감사한 마음을 가지고 그것을 글로 옮겨 적는 것, 당연하다고 생각했던 내 주변을 둘러싼 모든 것들에 대해 감사함을 가져보려는 감각들을 하나씩 쌓아가며 우리의 긴 여정을 꾸려가 보았다.

미국 일주는 가이드가 따로 있지도 않았고 운전기사도 없었다. '여행객'이라기보다는 한국에서의 일상생활을 시공간만 옮겨 놓은 것이었기 때문에 청소, 빨래, 식사 등은 스스로 해결해야만 했다. 여러 친구와 선생님과 함께 생활하기 때문에 공동체 생활에 대한 이해와 배려, 양보 또한 필요했다. 그래서 일일미션으로 '1일 1홍익생활' 즉 하루 한 가지씩 다른 사람에게 이로운 일 하기를 부여했다.

내가 식사를 준비해 놓으면 아이들은 알아서 먹고 뒷정리까지 했다. 처음에는 각자 자기가 먹은 그릇을 들고 차례대로 줄을 서서 그릇을 씻더니, 어느 날인가부터 태어난 날을 기준으로 두 사람씩 당번을 정해서 설거지를 했다. 그리고 태어난 날의 반대 순서로 당번을 정해 테이블을 닦고 정리했다. 그러면 하루에 두 가지 일이 겹치지 않고 골고루 할 수 있다는 것이었다. 당번에서 제외된 아이들은 못다 한 숙제를 하거나 뒷정리를 도왔다. 매 끼니마다 우리는 서로서로에게 꼭 필요한 사람이었다.

그런 한편 "벌금은 너희들 거니까 알아서 내도록 해~" 하고 벌금 관리 책임을 아이들에게 주었더니 아이들은 매일 반장을 정해서 벌금을 체크하고 관리했다. 그리고 '1일 1홍익활동'을 하다 보니 충돌이 일어날 만한 일도 좋게 양보하는 일이 많아졌다. 아이들 말로는 그것 또한 남을 도와주는 일이라는 것이다. 피곤해하는 친구를 귀찮게 하지 않고 쉴 수 있게 두는 것 역시 친구를 도와주는 것이라는 것도 배웠다. 아이들끼리 알아서 각자 역할을 나누고, 그에 대한 책임을 지면서 스스로 배워가는 것은 그 어떤 교육보다 값진 것이었다.

스마트폰 이야기

우서원

나는 일곱 살 때부터 엄마를 따라 여행을 했다. 유럽을 시작으로 괌, 하와이를 거쳐 미국 본토까지 갔다. 누나·형들이랑 가다가 이번에는 친구들과 갔다.

엄마랑 여행하면서 스마트폰을 들고 간 적은 한 번도 없다. 정말로 불편하다. 그러나 그 나라에서 여행하는 것이 집중되어서 좋다. 모든 관심을 스마트폰이 아닌 여행에 쏟을 수 있기 때문이다. 물론 친구들이랑 연락도 못하고 폰으로 놀지도 못하는 건 정말로 힘든 일이다. 여행이어서 그렇지, 집에서 폰이 없으면 불편하다. 이번 미국 여행도 물론 스마트폰을 안 가지고 갔다. 스마트폰에 소모되는 시간을 유용하게 사용할 수 있었다. 스마트폰에 시간을 쓰게 되면 여행을 온 의미가 없어지고 일행들 사이에 문제가 생길 수도 있다.

어른들은 폰을 하고 우리는 왜 못하게 하는지에 대해 우리는 정말 많은 불만이 있었다. 그러나 점차 시간이 지나면서 왜 어른들에게 폰이 필요한지 알게 되었다. 우리들을 보살펴주고 안전하고 편안 하게 여행할 수 있도록 하는 게 같이 온 어른들의 의무인 거 같다. 길을 모를 때 지도를 켜서 길을 찾아가고, 맛집을 찾을 때나 편안 하게 쉴 곳을 찾을 때 그리고 여행을 같이 온 아이들의 부모님에게 소식이나 긴급한 문자를 보낼 때 폰을 사용했다. 마지막으로 우리 들이 길을 잃었을 때 전화하여 만날 수 있는 것. 이것이 어른들이 폰을 가지고 있어야 할 이유였던 거 같다. 그래서 우리들은 미국 여행을 하면서 어른들이 폰을 하는 거에 대해서 불만을 가지지 않게 되었다.

스마트폰을 안 가져온 덕에 우리 여행은 평화로웠고 친구들과 소 통하고 협동하여 우리들 사이의 거리를 좁혀 나갔던 거 같다.

3장

한국적인 것과
미국적인 것의 도전

한국적인 것과 미국적인 것의 도전

미국 캠프 프로그램은 여러 해 동안의 내 경험을 바탕으로 참가하는 아이들과 학부모들의 의견을 모아서 결정되었다. 첫 번째는 나의 취미이기도 하고 미국인에게는 한국의 태권도처럼 익숙한 철인3종 경기에 도전하는 것이었다. 그리고 미국인에게 뭔가 특별한 것을 보여주면 좋겠다는 의견이 나와서 머리를 맞대고 며칠 동안 고민했다. 다 같이 노래 부르기, 케이팝에 맞춰 춤추기 등 다양한 의견이 나왔다. 최종 결론은 한복을 입고 전통무예 공연하기였다. 그중에서도 쉽게 배울 수 있고 보는 사람과 하는 사람 모두 좋은 에너지를 받을 수 있는 태극기공을 준비하기로 했다.

　전통무예인 태극기공 퍼포먼스 지도는 선애 샘이 맡았다. 해마다 교육부 주최 대회에 참가해왔던 선애 샘은 생전 무예 수련을 해본 적이 없는 아이들에게 근골 조정과 기본 보행, 하체 단련 등 기초부터 가르쳤다. 아이들의 동작이 하나씩 만들어지고, 공연 프로그램이 하나씩 완성될 때마다 기특함과 뿌듯함은 이루 말할 수가 없었다. 나는 아이들이 완벽함보다는 우리나라를 위해 뭔가를 하고 있다는 데 대한 책임감과 자부심을 가지고 충분히 즐길 수 있기를 바랐다.

　전통무예는 몸의 균형이 잡혀야 제대로 할 수 있다. 특히 하체와 단전의 힘을 활용해야 제대로 된 동작도 나오고, 깊은 호흡을 해야만 그 기운을 타고 멋진 공연을 할 수 있기 때문에 아이들의 심신을 단련하는 효과도 있었다. 아이들은 공연 연습이 끝날 때마다 얼굴이 밝아지면서 서로 긍정적인 에너지를 뿜어냈다. 그렇게 연습시간이 쌓일수록 자세도 목소리도 자신감이 붙었다.

– 미국 가족들 앞에서의 첫 공연

　몽고메리에서는 전통무예 공연이 주로 파티의 스페셜 무대로 활용되었다. 마치 명절날 할머니, 할아버지 앞에서 노래를 불러

드리는 것과 같았다. 처음 몽고메리에 도착해 미국 가족들과 정식으로 저녁식사를 하던 날 그리고 미국 전지훈련을 마친 포커스 팀 삼촌들의 굿바이 파티를 하던 날, 아이들은 집 거실에서 공연했다. 사뭇 진지한 아이들의 표정에 나는 깜짝 놀랐다.

공연을 보면서 연신 아름답다고 감탄하는 가족들과 한 할머니의 칭찬에 모두 웃음꽃이 피었다. 비록 화려하거나 완벽하진 않지만 아이들의 진심과 노력을 듬뿍 담은 우리의 전통무예 공연은 이렇게 시작되었다.

"애들아~ 드디어 우리 공연미션을 시작했어!"

"할머니가 울려고 했어요~."

"우리가 이렇게 공연을 준비해 온 것에 감동을 받아서 그러신 거야~."

아이들도 선생님들도 공연에 대해 막연히 가졌던 두려움에서 벗어난 듯했다. 휴일 오후에는 아이나 할머니와 매튜 삼촌의 집에 가서 공연을 했다. 아이나 할머니는 건강이 좋지 않아 휠체어와 워커에 의지해야만 했는데, 유독 아이들을 좋아했다. 공연을 보고 크게 감동하신 할머니는 아이들을 하나하나 안아주며 칭찬해주었다.

광활한 자연 풍경과 잔디밭, 아름다운 호수가 가는 곳마다 잘 정돈돼 있는 반 로드에서는 대열을 맞춰 연습하는 그 순간이 곧 공연이 되기도 했고, 공연이 곧 연습시간이 되기도 했다.

– 하루 두 번 순회공연

철인3종 경기를 마치고 몽고메리로 복귀한 이른 저녁, 우리는 일흔 살(!)짜리 절친인 몽고메리 바이크클럽의 댄으로부터 그룹사운드 밴드의 콘서트 중간 쉬는 시간에 공연을 하면 어떻겠느냐는 초대를 받았다. 이미 미국인 가족들 앞에서 몇 차례 공연을 해봤던 아이들은 진짜 무대에서 공연할 수 있게 된 데 대해 흥분했다.

"샘~ 오늘 우리 순회공연하는 날이에요?"

"맞네, 맞아! 철인3종 대회장에서도 하고, 콘서트장에서도 해요?"

고즈넉한 콘서트장은 밴드 멤버들이 시니어인 만큼 관객들도 시니어들이 많았다. 사이클을 탈 때 긴 다리로 파워풀한 페달링을 하는 댄은 드러머였는데, 나는 그의 색다른 모습을 보고 놀랐다. 멤버 모두 나이에 상관없이 젊은 그룹사운드처럼 에너지 넘치는 모습이 멋져 보였다. 우리 아이들에게 일명 '드럼 치는 할배'와 미국의 색다른 기부문화를 보여줄 수 있어 좋았다.

사회자가 우리를 거창하게 소개했다.

"여러분은 지금부터 한국의 사랑스러운 10대 아이들이 추는 아름다운 한국의 전통춤을 보게 될 것입니다!"

아이들보다 내가 더 긴장했다. 내가 먼저 우리 아이들과 공연에 대해 설명한 다음 아이들이 입장했다. 아침에 많은 사람들 앞에서 한번 공연을 했던 덕분에 아이들은 마치 연습을 하는 것처럼 긴장하지 않고 잘 해냈다. 관객들의 큰 박수와 환호를 받은 아이들의 얼굴에 미소가 번졌다. 인터넷 연결 상태가 좋지 않아 음향이 조금 아쉬웠지만, 그래도 콘서트장에서 전통무에 공연을 하다니! 아이들에겐 더할 나위 없이 특별하고 자랑스러운 경험이었다.

한껏 흥분한 오렌지 아저씨는 칭찬을 아끼지 않았다. 덩달아 나에게도 "도은, 당신이 댄을 친구로 사귀지 않았다면 이런 엄청난 도전의 기회는 없었을 거야~" 하면서 칭찬했다. 철인3종 도전의 성취에다 공연까지, 감사가 넘쳐나는 하루였다.

― 'Sweet Baby' 레스토랑에 뜬 'Korean Baby' 갱들

몽고메리 생활을 마무리하고, 미국 동부 일주를 떠나기 전날이었다. 넬과 오렌지 아저씨가 즐겨 찾던 홈쿠킹 패밀리 레스토랑 사장님이 아이들 소문을 듣고 손님들이 가장 많이 붐비는 저녁시간대에 공연을 하면 어떻겠냐고 제안을 해주었다. 사장님은 아이들이 어릴 때 미국으로 이민 와서 20년이 넘게 살고 있는

한국인이었다. 마치 엄마가 밥을 준비해 놓고 가족들을 맞이하듯 사장님은 모든 손님을 가족처럼 따뜻하게 대해주었다.

레스토랑에 도착해보니 테이블을 모두 옮겨서 공연 무대를 만들어 놓았다. 미리 홍보를 해 놓은 덕에 많은 손님들이 공연을 기다리고 있었다. 넬이 우리를 소개한 뒤 공연이 시작되었다.

아이들은 이미 여러 번 공연을 해본 데다 선애 샘과 함께 미리 연습공연을 해본 터라 여느 때보다 자신감이 넘쳤다. 식당을 가득 메운 미국인 손님들은 사진 촬영에 바빴고, 지켜보던 사장님은 눈물을 흘렸다. 공연이 끝난 뒤 사장님은 우리 모두를 안아주며 한국에 대한 그리움과 우리 아이들에 대한 칭찬을 쏟아냈다. '이모 같은 한국 사장님'과 작별인사를 하려니 나도 모르게 눈물이 왈칵 쏟아졌다. 같은 한국인이기에 갖는 동지애와 애틋함, 포옹에서 느껴지는 체온과 눈빛을 통해 전해져 오는 그리움….

그날 저녁은 여행을 떠나는 설렘, 미국 가족과 작별하는 아쉬움 그리고 낯선 미국 땅에서 만난 한국인과의 인연에 대한 감사 등등으로 아이들도 선생님들도 가슴이 뜨거웠다.

– 워싱턴 공연

동부 여행을 떠나기 직전, 우리는 '매일 1회 공연'이라는 목표를 세웠다. 한산한 버지니아 박물관 안에서도 공연을 했고, 관광객으로 붐비는 워싱턴과 뉴욕은 우리의 주 무대였다. '전 세계 관광객이 몰리는 곳이니 그동안 못했던 공연을 여기서 다 해보자!' 하며 매일 아침 가방 속에 공연복을 넣고 숙소를 나섰다.

본격적인 워싱턴 여행 둘째 날, 엘렌과 워싱턴 국회의사당 내부 견학을 마치고 나온 우리는 워싱턴 기념탑이 잘 보이는 잔디밭 중앙에 자리를 잡았다. 그동안은 준비된 관중 앞에서 공연을 해왔지만, 이번엔 말 그대로 첫 '버스킹' 도전이었다.

아이들은 덥고 떨리고 하기 싫다고 했지만, 선생님들은 "우리가 언제 미국 국회의사당 앞에서 공연을 해보겠니?" 하면서 아이들을 격려했다. 엘렌은 "우리 부부는 너희 공연을 보려고 버지니아에서 여기까지 왔어" 하면서 자신감을 불어넣어 주었다. 그런데 막상 공연을 시작하려고 하니까 경비원이 달려와서 "이곳에 함부로 들어가면 안 됩니다!" 하고 제지하는 것이 아닌가. 다행히 엘렌이 상황을 설명하고, 내가 간곡히 부탁을 하니까 흔쾌히 공연을 허락해주었다.

미국의 국회의사당 앞에서 음악소리에 맞춰 씩씩하게 전통무예 공연을 하는 아이들…. 가슴이 뭉클하고 코끝이 찡해져 왔다.

더운 날씨에 한복까지 입고 공연을 하느라 땀이 비 오듯 했지만 국회의사당 앞에서의 공연으로 아이들은 더 큰 자신감을 얻은 듯했다. 아이들은 관광객들이 가장 많이 몰리는 링컨기념관

앞에서도, 내셔널박물관에서도 주저함 없이 척척 공연을 해냈다. 공연복 갈아입는 속도도 점점 빨라졌다. 어느새 아이들의 공연은 누구에게 보여주기 위해서가 아니라 자신을 위한 것으로 바뀌어 갔다.

– 뉴욕! 자유의 여신상 앞 공연

뉴욕으로 가는 동안 우리는 타임스퀘어와 자유의 여신상 혹은 브로드웨이 등을 공연 장소로 꼽았다. 하지만 막상 차와 사람으로 복잡한 맨해튼 거리에 들어서 보니 공연을 할 엄두가 나지 않았다. 타임스퀘어에서는 오히려 인파 때문에 아이들을 놓칠까 긴장을 놓을 수가 없었다. 게다가 현란한 네온사인과 여기저기서 흘러나오는 음악소리…. 아이들은 "샘~ 우리 음악 소리는 들리지도 않겠어요~" 하며 다음을 기약했다.

자유의 여신상이 있는 섬으로 가기 위해 페리를 타러 간 공원도 인파가 대단했다. 우리는 결국 '뉴욕에서의 공연은 이대로 접어야 하나' 하며 마음을 내려놓았다. 그런데 자유의 여신상에 오르기 위해 들어섰을 때, 인파를 피해 공연 공간을 확보할 수 있었다.

맨해튼을 등 뒤에 두고, 눈앞엔 자유의 여신상! 아이들은 어쩌면 동부 일주의 마지막 도시가 될지도 모를 뉴욕에서의 공연을 했다. 정말 아이들이 원하는 장소였다. 맨해튼이 보이는 넓고 탁 트인 전망, 사람이 붐비지 않는 곳. 무더운 워싱턴에서 무거운 공연복을 입고 여러 차례 버스킹을 해서 몸도 뜨겁고, 낯도 뜨거운 경험을 해서일까? 아니면 다른 관광객들처럼 뉴욕의 낭만을 폼나게 즐기다 가고 싶어서였을까? 뉴욕 공연은 아이들이 원하는 곳에서 하자는 결심을 했었다.

자유의 여신상 내부로 올라가는 한 단계 높은 그 길목은 6개월 전부터 예약한 사람들만 입장할 수 있는 곳이라 관객이 많지 않았다. 아이들은 시원하게 불어오는 바닷바람에 뒤섞여 흘러나오는 음악에 맞춰 우리의 긴 여정을 마무리하는 듯 멋진 공연을 해주었다. 긴 호흡과 시원섭섭한 마음으로 공연을 마친 우리는 한국으로 돌아가기 위해 마지막 갈무리를 했다.

미국에서 시작된 '철인3종' 경기

미국에서의 철인3종 경기 출전은 지난 번 미국 여행 때 아이들과 함께 직접 로컬 경기에 출전해 보고 얻은 특별한 경험을 바탕으로 야심차게 준비한 것이다. 함께 여행을 온 아이들이 모두 완주할 수 있도록, 1년의 준비기간 동안 많은 시간을 투자했다.

"미국에 가려면 3종을 해야 하고, 3종을 하려면 수영을 배워야 하고, 달리기를 해야 하고, 자전거를 타야 해!"

아이들은 미국에 가고자 하는 확고한 의지가 있었기에 대단한 사람들만 하는 경기, 멀게만 느껴지던 철인3종이라는 종목을 기꺼이 받아들였다. 출국 전까지 평일 저녁은 수영 강습을 다니고, 주말 아침마다 모여 자전거를 타고, 마라톤대회에 나갔다. 때마침 출국 직전 경주에서 문화관광부 장관배 대회가 열려 다함께 출전을 해보았다. 철인3종을 준비한 시간은 '나도 할 수 있다'는 특별한 자신감 그리고 자기 자신을 믿게 해준 값진 시간이었다. 준비만으로도 이미 멈춰도 된다 싶을 만큼 얻은 것이 많은 도전이었다.

미국에서도 이런 분위기는 그대로 이어졌다. 아침에는 조깅을 했고, 어떤 날은 일정을 마친 늦은 저녁에 아이들이 갑자기 "우리 달리러 나가자~" 하는 바람에 달빛 아래에서 달리기도 했다. 미국에서 해가 진 뒤 야외활동이 평범한 일은 아니었지만, 아이들이 흥분하고 좋아하니 선생님들과 함께 안전에 심혈을 기울여 달리기를 허락할 수밖에 없었다.

아이들이 출전한 종목과 거리는 '수영 150야드(약 150m), 자전거 6마일(9.6km), 달리기 2마일(3.2km)'이었다. 경기가 진행된 오페라이카 스포츠파크는 작은 언덕의 롤링으로 구성돼 있어 쉬운

코스는 아니었다. 한국의 경기장과 사뭇 비교되는 점은 갤러리들의 질서였다. 한국의 경우 부모들이 통제선을 넘어 아이들을 일일이 챙기는 분위기인데, 미국 부모들은 관중석에 앉아 아이 이름을 부르고 박수와 환호, 열띤 응원을 보내주는 정도였다.

나는 혹시나 아이들이 심판의 영어 지시를 알아듣지 못할까 봐 노심초사했다. 영락없는 한국 부모의 마음이었다. 그러면서도 여섯 명 아이들의 경기 장면을 카메라에 담고, 한 명 한 명 응원하러 뛰어다니느라 정신이 없었다. 내가 직접 출전한 것보다 더 가슴 졸이고 손과 발이 바빴다.

경기를 마치고 하나둘씩 골인하며 태극기를 들어 올리는 아이들을 맞이하니 가슴이 뭉클하고 눈물이 와락 솟았다. '이런 대견함을 학부모들도 현장에서 느꼈으면 좋았을 텐데' 하는 아쉬움이 컸다.

– 철인3종과의 첫 만남

내가 철인3종을 처음 접한 것은 2007년, 학부모 강연을 준비하면서 만난 '딕과 릭'의 실화 영상이다.

아들 릭 호이트(Rick Hoyt)는 선천성 뇌성마비와 경련성 전신마비 환자였다. 릭이 8개월이 되었을 때 의사는 그가 식물인간이 될 거라고 선언했다. 하지만 아버지 딕 호이트(Dick Hoyt)는 아들을 포기하지 않았다. 아버지의 지극한 보살핌 속에 성장한 릭이 컴퓨터를 사용할 수 있게 된 뒤 처음 자판으로 기록한 말은 바로 '달리고 싶다'였다.

아버지는 직장을 그만두고 함께 달리기를 시작했다. 릭이 열다섯 살이 되던 해, 아버지 딕은 8km 자선 달리기 대회에 아들 릭과 함께 출전했다. 그들은 끝에서 두 번째로 완주했다. 그때 아들 릭은 처음으로 자신의 장애가 사라지는 것 같았다고 말했다. 그 후 그들은 42.195km 마라톤 풀코스에 도전해 몇 번의 중도 포기 끝에 마침내 완주했다. 그리고 4년 만에 참가한 보스턴 마라톤대회에서 2시간 40분의 최고기록을 냈다.

마라톤에 도전해본 분들은 알 것이다. 풀코스를 3시간 내로 완주하는 서브쓰리는 모든 마라톤 동호인들의 꿈이다. 서브쓰리는 1km당 '4분 15초'의 속도로 42번을 뛰면 된다. 쉽게 말하자면 러닝머신에 속도 14.2를 놓고 2시간 59분 동안 쉬지 않고 달리면 된다. 딕과 릭의 경우는 러닝머신을 15.9에 놓고 2시간 40분 동안 달린 셈이다.

서브쓰리에 두 번 도전했다 두 번 모두 피로골절이라는 부상을 얻은 나의 최고기록이 3시간 23분이다. 서브쓰리는 그야말로 뼈를 깎는 노력을 바탕으로 스피드와 시구력, 엄청난 훈련을 소화해야 가능한 기록이다. 그런데 아들의 휠체어를 끌고 서브쓰리를 기록했으니, 그 엄청난 체력과 아들을 향한 사랑은 감히 짐작도 하기 어려울 정도다.

그 후 아들 릭이 '철인3종'에 도전하고 싶다는 더 큰 꿈을 이야기하자 아버지는 바로 도전에 나섰다. 그리고 아들을 보트에 싣고 수영을 하고, 자전거를 타고, 휠체어를 밀고 달리면서 제한시간 17시간보다 무려 46분이나 앞선 16시간 14분 만에 완주해냈다. 그 후에도 아버지와 아들은 세 차례나 더 철인3종에 도전해서 13시간 43분의 최고기록을 냈다. 마라톤은 여섯 차례, 세계적인 메이저 대회인 보스턴마라톤에서 1982~2005년까지 25회 연속 완주를 해냈다.

(이 책의 마무리를 하던 지난 3월, '세상에서 가장 강인한 아버지'로 불리던 아버지 딕 호잇이 세상을 떠났다는 안타까운 소식이 전해져왔다. 내 마음속에 영원히 빛날 영혼, 딕 호잇의 영면을 빈다.)

그들의 영상을 보기 전까지 철인3종을 보는 내 시각은 일반인들과 똑같았다. '인간한계에 도전하는 종목이구나. 아버지 딕처럼 건강한 신체를 가진 사람만이 가능한 도전이구나. 직장을 그만두고 전념해야만 할 수 있는 운동이구나.' 그러나 지금의 나는 국내를 비롯해 세계 어디에서 철인3종 대회가 열리는지 일정을 찾아 출전할 수 있는 트라이애슬릿이 되었다. '팀 호잇'은 나를 철인

3종으로 이끌어준 안내자이자 스승이었다.

– 철인3종의 세계로 안내하기!

철인3종은 수영하고, 자전거를 타고, 달리면 된다. 간단하다. 하지만 그것을 처음 해냈을 때는 지금까지 모르던 세계로 들어간 듯했다. 처음 글자를 읽게 되었을 때 길거리의 간판을 몽땅 읽으면서 다니듯, 그렇게 더 큰 세상을 보게 되었다. 이와 함께 뭐든 할 수 있다는 자신감이 생기면서 나 스스로 정해놓은 한계가 깨진 듯했다.

그것을 열세 살 우리 아이들에게도 선물해 주고 싶었다. 하지만 '한번 해보자~' 정도로는 이 세계로 끌어들일 수 없다. 그래서 일단 살살 달리기를 하다가, 자전거를 타면 달리기보다 더 쉽게 더 멀리 갈 수 있다고 하면서 자전거를 권했다. 그리고 바다에 안 빠지고 살아남으려면 수영을 할 줄 알아야 한다면서 수영을 배우도록 했다.

그렇게 가랑비에 옷 젖듯 철인3종에 도전할 수 있는 조건을 갖추어 갔다. 점점 부담도 줄고, 철인3종이 한없이 먼 어떤 것이 아니라 충분히 해볼 수 있다는 자신감을 얻도록 안내했다. 내 자신이 그렇게 했듯이.

어린 시절부터 함께 아이들을 키우면서 마음으로 통하는 부모님들이라 만장일치로 아이들의 철인3종 도전을 지지해주었다. 돌이켜보면 참 감사한 일이다. 누구 한 명이라도 '위험해서 안 된다'거나, '우리 아이는 힘든 거 못 한다'라고 했으면 도전 자체가 어려웠을 것이다. 이런 분들과 함께 공동육아를 해왔던 지난 시간들이 참 고맙게 느껴진다.

– 게임 대신 철인3종

내가 처음 철인3종에 도전하게 된 계기는 참 단순했다. 내가 멘토링하던 아이들에게 숙제를 못한 만큼 달리기를 해보자 하고 제안한 것이 시작이었다.

당시 나와 부모님들은 '게임 중독'에 빠진 아이들 때문에 고민이 이만저만이 아니었다. 그 아이들은 게임 외에는 학교생활을 포함한 일상이 무기력했다. 대화를 나눠보기도 하고, 부모님과 함께 3일 밤낮 잠도 안 자고 안 먹고 게임을 지겹도록 해보기도 했다. 여행을 다녀오기도 하고, 며칠 동안 게임을 안 하면 원하는 것을 해주는 보상체제를 만들어보기도 했다. 하지만 오래가지 않았다. 아이들은 어느새 다시 게임에 빠져들었다. 선생님들까지 수업시간을 쪼개서 함께 게임을 하거나 게임 이야기를 나누기도 했지만 일시적이었다. '게임 시간'이 지나고 수업이 시작되면 금세 감정이 저하되고 참여도가 급격히 떨어졌다.

그때였다. 한 여학생 덕분에 생각을 확 바꾸게 되었다. 남자친구와 헤어진 뒤 삶의 의미가 없다며 곧 죽을 것처럼 했던 아이가 일주일 뒤에는 생글생글, 비련의 여주인공은 어디로 가고 생기발랄한 소녀가 되었다. 알고 보니 새 남자친구가 생긴 것이었다. 그때 '번쩍' 게임 중독을 해결할 수 있는 방법이 떠올랐다. '게임보다 더 재미있는 것을 찾아주면 되잖아!'

아이들은 게임 레벨이 올라갈 때마다 느껴지는 성취감 때문에 게임을 한다고 했다. 그렇다면 게임만큼 아니 게임보다 더 임팩트가 강한 뭔가를 제시하면 게임을 끊을 수 있을 게 아닌가. 그때 '딕과 릭' 영상이 생각났다.

"애들아, 우리 딕과 릭처럼 철인3종에 한번 도전해보면 어떨까?"

첫 반응은 예상대로 싸늘했다.

"아이구 힘들어서 그걸 어떻게 해요? 잘못하면 죽을 수도 있어요."

하지만 길고 긴 설득 끝에 내가 같이 한다는 조건으로 "딱 한 번만 해보자!" 하는 결론을 내릴 수 있었다. 등교 전 새벽에 수영을 배우고, 주말엔 대회 거리만큼 달리기 연습을 했다. 어느 날은 새벽 일찍 자전거를 타고 나가서 종일 여기저기 돌아다니다 해가 떨어져서야 집으로 돌아오기도 했다. 아이들이 자주 가는 시내 중심가에 가서 간식을 사 먹기도 했다. 그렇게 함께 땀을 흘리고 몸을 쓰는 동안 어느새 '동지애'가 생겼다.

내 삶에 터닝포인트를 가져다준 〈뇌파진동〉(이승헌 지음, 한문화)이라는 책이 있다. 뇌의 비밀에 대해 잘 정리한 책이다. 지은이는 정보의 바이러스에 감염된 우리 뇌를 정상화하는 가장 빠른 방법으로 '뮤직 액션 메시지'가 필요하다고 말한다.

기분이 가라앉았을 때 음악을 듣거나, 격려의 말을 듣거나, 밖으로 나가 산책을 하거나, 청소를 신나게 하거나 또는 땀을 흠뻑 내며 미친 듯 춤을 추고 나면 기분이 한결 상쾌해지는 것을 느낄 수 있다. 그중 뇌를 가장 잘 쓸 수 있는 것이 바로 액션, 즉 움직이는 것이다. 그래서 '뇌를 잘 쓰려면 몸과 자주 놀아라'라고 한다. 몸을 쓰면 가장 빠르게 뇌가 깨어난다.

실제로 아이들은 몸을 쓰면서 일상에 활력을 찾았다. 무엇보다 중요한 건 게임을 할 시간이 없었다. 운동으로 에너지를 다 쓰고 귀가하면 씻고 밥 먹고 자기도 빠듯했다.

우리는 마침내 철인3종 대회에 함께 출전했다. 나는 제한시간 3시간 반인 올림픽코스에 도전했다. 수영 1.5km, 자전거 40km, 달리기 10km로 구성된 코스다. 아이들은 그 절반인 수영 750m, 자전거 20km, 달리기 5km로 구성된 스프린트코스에 도전했다.

한여름 바다에 뛰어 들어가 수영을 하고, 자전거를 타고, 뜨거운 햇살 아래를 달려서 결승점을 통과할 때의 기분은, 그저 두렵기만 했던 세상의 문을 활짝 열고 들어가는 것 같았다.

그렇게 나도 아이들도 무더위 속에서 뜨거운 완주의 기쁨을 맛보았다. 우리가 기뻐한 만큼 우리를 응원하러 왔던 부모님, 다른 선생님들도 함께 감동의 눈물을 흘렸다. 우리는 마지막 주자로 골인 지점을 통과했지만, 순위는 우리에게 중요하지 않았다.

아이들은 게임에서 오는 성취감과는 비교할 수 없는 강력하고 특별한 성취감이라고 했다. 그날 이후 우리는 딱 한번만 해보자고 시작했던 철인3종에 몇 번 더 도전했다. 우리의 몸은 더 건강해지고, 마음은 더 밝아지고 환해졌다. 그리고 예전과는 다른 내면의 단단함이 쌓여갔다. 성인이 된 지금도 우리는 마라톤 대회에 함께 나간다. 운동이라는 공통된 관심사 덕분에 세대를 뛰어넘어 할 이야기가 많아졌다. 그리고 체력이 좋아진 덕분에 더 많은 것들을 할 수 있게 되었다.

그렇게 시작된 철인3종은 여전히 아이와 함께하는 놀이이자 언제나 나를 일으켜주고, 내 삶의 많은 부분을 연결시켜주고, 강인하게 단련시켜주는 친구이자 동반자이기도 하다.

'코리안 갱 지구촌 아이'의 철인3종 준비

미국으로 떠날 아이들 중 수영을 할 줄 몰랐던 친구들은 동네 수영 코치에게 자유형만 지도해 달라고 부탁했다. 우리나라에서 는 자유형·배영·평영·접영을 모두 해야 '수영을 할 줄 안다' 라고 이야기한다. 하지만 미국에서는 수영을 두 가지로 분류한다. 물에 빠졌을 경우 살아 돌아올 수 있는 생존(life guard) 수영과 레이스를 위한 스피드 수영이다. 아이들에게 필요한 것은 스피드 수영이었다. 철인3종에서는 어떤 영법이든 상관이 없지만 대부 분 자유형을 선택한다. 에너지 소모가 적은 반면 속도는 가장 빠르 기 때문이다.

주말 아침에는 자전거를 타고 태화강을 따라 왕복 30km를 달 렸다. 그리고 엄마들과 함께 지역에서 열리는 건강마라톤 5km 종목을 여러 번 완주했다. 출국을 몇 달 앞두었을 때는 수영하고 강변 달리기, 20km 떨어진 마라톤 경기장까지 자전거를 타고 가서 달리기를 하고 다시 집으로 돌아오기를 반복했다. 출국 몇 주 전에는 경주에서 열리는 문화관광부 장관배 아쿠아슬론대회 에 출전했다. 보문호수에서 수영을 한 다음 공원을 달리는 경기 였다. 아이들이 슈트도 없이 발도 닿지 않는 호수에 풍덩 들어가 씩씩하게 수영을 하고 달리기를 하며 골인하는 모습을 본 엄마들은 감동했다. 나도 마찬가지였다.

아이들은 이렇게 철인3종과 친숙해져 갔다. 체력이 좋아지는 만큼 자신감도 커져 갔다. 엄마들도 함께 강변을 걷고 간식을 준비하는 등 에너지를 보내주고 정성을 쏟았다. 아이들은 그 사랑을 영양분으로 삼아 귀찮고 힘든 순간도 잘 이겨냈다.

– 미국 전지훈련 1주일

미국에서 철인3종을 준비할 때마다 나는 항상 한 편의 드라마를 찍는 기분이었다. 우리나라와 달리 미국에서는 아이들만 바깥 활동을 하는 것이 금지되어 있다. 위험이 크기 때문일 것이다. 그래서 달리기를 할 때도, 자전거를 탈 때도 초긴장 상태로 아이들에게서 눈을 뗄 수가 없었다. 아이들 역시 서로를 챙겼다. 미국을 방문한 포커스 팀이 함께 지낸 일주일 동안은 삼촌 한 명에 아이 한 명씩 짝을 지어 훈련했고, 아이들이 속도를 내 달릴 때는 삼촌들이 서포트 차량으로 따라다니면서 보호했다.

우리는 마지막 훈련으로 몽고메리에서 열리는 자전거 타임트라이얼 대회에 출전했다. 롤링스타트(5초 간격으로 한 명씩 출발) 방식으로 정해진 사이클 주로를 돌아오는 기록에 따라 순위를 매겼다. 미국 바이크 팀 선수들과 포커스 팀, 지구촌 아이들이 함께 출전했다. 출발 소리가 울리자 저절로 손에 땀이 맺혔다. 올드보이 포커스 팀에게도, 영보이 지구촌 아이들에게도 특별하고 신나는 체험이었다.

코스는 대부분 작은 타운이었다. 유대인 가족들이 많이 사는 뉴타운으로, 넓고 깨끗하게 정돈되어 있었다. 특히 시원스러운 호수와 분수, 숲이 잘 어우러졌다. 내 눈엔 그 집이 그 집처럼 보였지만, 아이들은 몇 가지 특징을 기억하고 마을길을 잘도 찾아다녔다. 이른 아침 운동을 할 때는 강아지를 데리고 조깅에 나선 분들이나 그룹으로 조깅을 하는 분들, 자전거를 타는 분들과 반갑게 인사를 나누었다.

"굿 잡, 베이비!"

아이들은 무더위에도 불구하고 동네 사람들의 응원을 받으며 아무지게 훈련에 임했다. 나는 세 종목 가운데 특히 수영 훈련에 많은 시간을 할애했다. 아이들이 처음 시작하는 종목이기도 했지만 가장 안전에 유의해야 하는 종목이기도 했다.

우리는 미국 생활 3주가 지난 뒤 첫 대회에 출전했다. 서머캠프 동안은 이른 아침과 저녁으로 나누어 달리기와 자전거를 한 가지씩 연습했고, 늦은 저녁에는 YMCA에 수영강습을 다녔다. 포커스 팀이 한국으로 떠나기 전날, 감독님이 아이들 자전거를 모두 손봐주고 훈련도 마무리해주었다.

- 오페리카 키즈 트라이애슬론(Operika kids triathlon race)

경기 전날은 훈련 없이 밀린 독서와 영어 듣기 등의 미션을 하고, 아이들이 원했던 쇼핑을 한 다음 미국 가족들과의 외식으로 하루를 마무리했다. 그리고 미니버스의 의자 두 줄을 빼내고 여섯 대의 자전거를 모두 실었다. 수빈이네서 가져온 세 대, 집주인에게 빌린 두 대 그리고 한국에서 가져온 내 자전거였다. 미국에 막 도착했을 당시에는 아이들 자전거를 어디서 구하나 하고 여기저기 수소문을 했는데, 다행히 큰 어려움 없이 해결되었다. 처음 철인3종 경기에 가보는 영웅 샘 덕분에 아이들은 잠자리에 들기 전 거실에 종목별로 필요한 물품들을 꼼꼼히 줄지어 놓았다. 선생님도 아이들도 기대 반 긴장 반, 설렘과 두려움으로 잔뜩 고조되어 있었다.

새벽 4시에 일어나 각자 원하는 아침식사를 든든하게 하고 1시간 남짓 걸리는 오페라이카의 스포츠파크로 갔다. 이동하는 동안 아이들이 한국의 가족들과 영상통화를 하면서 한껏 응원을 받을 수 있게 해주었다.

자전거 여섯 대를 내리는 건 남자아이들 몫이었다. 아이들에게는 꽤나 무거웠다. 서원이가 손가락을 다쳐 피가 나는 걸 보면서 잠시 울상을 지었지만, 그것도 금세 잊고 서둘러 선수 등록을 한 다음 기록칩을 받아 들고 경기를 준비했다. 나는 아이들이 선

수 등록부터 출발 준비까지 스스로 할 수 있도록 뒤에서 지켜보았다. 아이들은 제법 영어에 익숙해져서 그런지 진행자들과 의사소통에 큰 문제가 없었다. 함께 종알대며 묻고 서로 챙겨주는 모습을 보니 흐뭇했다.

경기는 롤링스타트 방식으로 치러졌다. 수영을 마친 선수들이 한 명씩 나올 때마다 나도 모르게 가슴이 콩닥콩닥 뛰었다. 우리 아이들은 오랜 연습 덕분인지 모두 선두그룹으로 나왔다. 나는 바꿈터로 달려갔다. 가장 먼저 나온 서원이와 윤오는 이미 자전거를 타고 출발했고, 여자아이들도 연습한 대로 날쌘돌이처럼 바꿈터를 빠져나가 자전거 주로로 진입했다. 하늘색 경기복을 입고 주로를 달리는 아이들의 모습이 보였다. 해가 구름에 가려진 덕분에 뜨겁게 내리쬐는 날씨가 아닌 게 천만다행이었다.

영웅 샘과 함께 스포츠파크를 여기저기 뛰어다니며 파이팅을 외치고 아이들의 모습을 카메라에 담았다. 정신을 차려보니 우리만 그렇게 오르막 내리막인 줄도 모르고 뛰어다니고 있었다. 미국인 부모들은 멀리서 아이들을 바라보며 주변 사람들과 대화를 나누는 등 여유로운 모습이었다.

지난해 미국에서 대회에 출전했을 때, 난생처음 철인3종을 완주한 준빈이의 모습을 부모님이 보셨으면 얼마나 좋았을까 하는 아쉬운 마음이 컸다. 그래서 이번에는 아이들이 경기하는 모

습을 최대한 많이 영상에 담아서 한국의 부모님들과 공유하고
싶었다.

자전거와 달리기는 거리가 길어서 개인별로 차이가 많이 났
다. 아이들이 모두 주로에 진입했을 때 나는 태극기를 준비해서
결승선으로 달려갔다. 저 멀리서 땀에 흠뻑 젖은 채 힘차게 팔을
흔들며 골인 지점으로 달려오는 아이들을 보니 가슴이 뭉클했
다. 언제 보아도 골인 장면은 감동이다. 먼저 들어온 아이가 다
음 아이에게 태극기를 전해주고, 주로에 함께 서서 목이 터져라
응원했다.

아이들은 차례로 한 명씩 골인했다. 나이가 한 살 어려서 늦게
출발한 준호도 들어왔다. 목에 완주 메달을 하나씩 걸고 모두 모
여 자축하면서 경기 도중에 있었던 일들을 정신없이 이야기했
다. 아이들과 함께 달리며 땀에 젖은 영웅 샘도, 나도 그 순간의
기쁨에 흠뻑 젖었다. 아름답고 예쁜 광경이었다. 지난 밤의 긴장
도, 아침의 분주함도 사라지고 뿌듯한 감동만이 우리를 휘감았다.

어느새 구름이 걷히고 해가 떠올랐다. 기록을 정리하고 주최
측에서 시상식을 준비하는 동안 간식을 먹고 휴식을 취했다. 그
리고 주최 측에 요청해서 아이들의 태극공연을 선보였다. 참가
자와 그 부모들, 함께 온 아이들의 시선은 어느새 무대 위 우리
아이들에게 모였다. 공연복이 아닌 경기복 차림이었지만, 공연

은 기운차고 멋지게 마무리되었다. 이제 겨우 열세 살 아이들이라는 게 믿어지지 않을 만큼 기특하고 든든했다.

'그래. 불가능은 없어! 그리고 나이와 신분은 중요하지 않아. 우리 아이들을 봐. 자랑스러운 우리 문화를 저렇게 당당하게 선보이잖아!'

나도 모르는 사이 저절로 열정과 에너지가 솟구치는 듯했다.

이윽고 시상식이 열렸다. 서원이는 지난해에 3위를 했는데, 이번에는 손가락을 다쳤음에도 불구하고 자기보다 머리 하나는 큰 미국 친구들을 제치고 1위 자리에 우뚝 섰다. 그리고 처음 출전한 윤오가 3위를 차지했다. 상은 받지 못했지만 함께 공연했던 나머지 지구촌 아이들도 모두 시상대에 올랐다. 관중들은 더 큰 환호와 박수를 보내주었다. 우리는 더 이상 낯선 땅에 와 있는 이방인이 아니었다. 그리고 '시상대엔 대단한 사람, 특별한 사람만 오르는 것이 아니구나!' 하는 것을 느꼈다.

우리의 축제 분위기는 경품 추첨 때도 이어졌다. 준호는 50달러나 되는 아이스크림 쿠폰에 당첨되었고, 윤오는 대망의 1등 경품인 자전거를 받았다. 14시간을 날아온 한국 꼬맹이들에게는 더할 나위 없이 신나는 일이었다. 하지만 잠시 우리는 고민에 빠졌다. 경품으로 받은 자전거를 어떻게 하느냐 하는 것 때문이었다. 한국으로 들고 갈지, 미국에서 팔고 갈지…. 나는 윤오가 받은 경품이니 윤오가 원하는 대로 선택하라고 했다. 아이들은 머리를 맞대고 여러 가지 의견을 모아 의외의 결론을 냈다. 자전거를 빌려준 친구 수빈이의 동생 재훈이에게 자전거를 선물하기로 한 것이다. 첫 철인3종 완주와 함께 마음이 충만한 상태에서 내린 아름다운 결정이었다.

우리의 삶은 결정의 연속이다. 몸과 마음의 에너지 상태에 따라 때로는 전혀 다른 선택을 하기도 한다. 어쩌면 이 선택으로 아이들의 마음도 한 단계 성장하지 않았을까?

모든 행사가 끝난 뒤 아이들의 뜻에 따라 빕스(VIPS)로 가서 스테이크와 경품으로 받은 아이스크림을 신나게 먹었다. 몽고메리로 돌아가는 차 안은 깊이 잠든 아이들과 선생님들의 안도감, 기쁨으로 가득했다.

철인3종은 부지런함과 꾸준함이 없으면 도전하기 어려운 종목이다. "하나도 제대로 못하면서 한꺼번에 세 개나 한다고? 하나라도 똑바로 해!" 하는 말을 들은 적이 있다. 하지만 아이들도 나도 오히려 세 종목을 한꺼번에 도전하기 때문에 더욱 매력을 느꼈다. 아이들마다 좋아하고 잘하는 종목이 다르다. 잘하는 종목은 더 잘하기 위해, 부족한 종목은 제대로 하기 위해 연습을 한다. 부족한 종목에서 시간을 까먹지만, 잘하는 종목이 있어 시간을 벌 수 있다.

어느 것 하나 소홀할 수 없기에 오히려 과하게 할 수가 없다. 그리고 세 경기를 한꺼번에 하기 위해서는 경기 운영 능력과 상황에 따른 정확한 판단력이 필요하다. 우리 아이들은 기본적으로 학습능력이나 인지능력이 좋은 편이라 쉽게 배우고 익혔다. 남들이 해보지 않은 일을 하는 것, 그 속에서 스스로 깨우치고 배우는 것은 어디서도 얻기 힘든 귀한 자산이다. 철인3종에 도전하기 위해 1년 동안 노력했던 시간들은 그들의 성취회로 속에 단단히 자리를 잡고 있을 것이고, 할 수 있다는 자신감 또한 깊게 뿌리 내려져 있을 것이다. 그래서 언젠가 새로운 세상에 발을 내딛어야 할 때 '내가 미국에서 철인3종도 해본 사람인데 말이야!' 하면서 힘을 낼 수 있겠지!

철인3종 도전기

김민정

솔직히 난 운동을 좋아하는 타입이 아니다. 정확히 말하면 싫어하는 타입이다. 그런 내가 철인3종에 도전을 하게 되다니…. 수영은 본래 자신이 좀 있었다. 자전거가 제일 걱정이고, 달리기는 너무 힘들 것 같았다.

길 위에서 자라는 아이들

드디어 시작! 엄청나게 긴장이 됐다. 안에 들어가서 출발하는 게 아니라 바로 물에 들어가서 하는 방식이었다(이렇게 출발해 본 적이 없어서 몹시 긴장했다). 그런데 이게 웬일? 왔다 갔다가 아니라 6레인을 한 레인씩 쭉 갔다가 레인을 넘어가 또 다시 가는 형식이었다. 솔직히 물이 너무 차갑고 레인을 왔다 갔다 하는 걸 거의 처음 해봐서 속도가 많이 느려진 것 같다. 생일로 따져서 열한 살로 했어야 되는데 어쩌다 열두 살로 등록이 돼서 엄청나게 힘들었다.

수영을 마치고 헉헉대며 나왔다. 자전거를 끌고 선까지 가서 타야 되는데, 거기까지 끌고 가는 게 엄청나게 힘들었다. 그런데 생각 외로 자전가 타기가 쉬웠다. 이수민이 내 앞에 있었는데 서로 잡았다 잡혔다 하다가 둘 다 내 뒤에 있던 서현주한테 잡혔다. 현주는 나보다 체력이 좋다. 그렇게 근육을 무진장 쓰다 보니 자전거 타기 끝! 진심 다리 근육이 소모되는 게 느껴져서 놀랐다. 그래서 그런지 달리기는 도저히 할 수가 없었다. 내 앞에 있는 이수민을 잡고 싶은 마음도 조금 있었지만 너무 힘들어서 뛸 수가 없었다.

나는 이수민과 함께 계속 걸었다. 이제 첫 바퀸데 영웅 샘이 마지막 바퀴인 줄 알고 열심히 뛰라 그래서 약간 짜증이 났다. 가면서 시원한 물이랑 물수건을 받았는데, 오아시스를 경험한 느낌이었다. 마지막엔 이수민이랑 막 뛰면서 왔는데 못 잡았다. 그러나 출발은 이수민이 나보다 먼저 했으니 기록은 내가 이수민보다 빠를 거다.

근데 신짜 마지막에 뛰는데, 위에서 귀신이 척추를 뽑는 느낌이었다. 엄청 진심 거짓말 하나도 안 보태고 진짜 내 양심을 걸고 솔직담백하게 얘기하는데, 진짜로 죽을 것 같았다. '내가 왜 여기 있지?' 하는 생각까지 들었다. 모든 게 다 귀찮고 힘들어서 미국이고 뭐고 집에 가서 눕고 싶었다. 하지만 누울 수도 없었다. 그 와중에 우서원은 열두 살 남자 부문에서 목표했던 대로 1등을 했고 김윤오는 생애 처음으로 3위 입상을 했다. 나도 목표했던 대로 완주를 했으니 만족한다. 근데 끝나고 나니까 약간 아쉬운 게 있다. 그때 잠깐만 뛰었으면 이수민은 충분히 잡았을 텐데 하는 것이다.

미국 여행에서 가장 걱정스러웠던 철인3종을 마무리하고 나니 몹시 행복했다. 일종의 쾌감이라고나 할까? 첫 철인3종을 생애 처음 가본 미국에서 하다니! 스스로 아주 칭찬해! 하지만 또 하고 싶은 마음은 없다. 서현주는 철인3종이 더 좋다고 하지만 나는 아쿠아슬론이 더 좋다.

길 위에서 자라는 아이들

- 영어 외 다른 언어를 쓸 경우 5달러 벌금
- 단, 전체 미팅 & 코칭 시간에는 한국어 가능
- 벌금은 간식이나 외식 등 기타 여행경비로 지출

여행을 떠나기 전 아이도 학부모도 가장 긴장하고 걱정했던 건 영어로만 말하기였다. 이 미션은 그 전해 미국 여행 때 시작되었다. 굳이 외국으로 영어 연수를 가는 이유는 영어만 쓰는 환경을 만들기 위해서다. 나 역시 호주 연수를 갔을 때, 24시간 영어를 쓸 수밖에 없는 환경에 나를 노출시키기 위해 애썼다. 호주든 미국이든 한국 사람들하고만 어울리는 바람에 영어실력이 그대로인 친구들이 많다.

다른 나라의 언어를 마음대로 쓰고 싶다면 문장을 달달 외우거나 단어를 많이 아는 것보다 그들의 문화를 잘 이해하고 그들과 교류하는 것이 더 도움이 된다.

영어를 하는 이유는 뭘까? 의사소통을 하기 위해서다. 그런데 우리나라 영어교육은 소통이 아니라 '영어를 위한 영어'로 변질되었다. 영어 '공부'를 잘해야 영어 의사소통을 잘하는 것이 아니다. 미국의 한 연구에 의하면 내 뜻을 상대방에게 '언어'로 전달할 수 있는 것은 7%밖에 되지 않는다. 말보다는 표정이나 눈빛, 몸짓, 목소리 등으로 전달해주는 내용이 훨씬 많다. 그래서 토익 고득점자면서도 영어회화를 자유로이 할 수 없는 친구들을 많이 보았다.

결론은 말하기 연습! 프랙티스(practice)였다. 그것도 생활 속에서의 프랙티스! 그것이 바로 영어로만 하는 의사소통이다.

– 영어 사전캠프

"우리 아이는 영어를 잘 못해요. 용돈을 많이 넣어서 보내야겠어요!"

"무한정 벌금을 내야 할 텐데…. 카드 결제는 안 될까요?"

그렇게 걱정하는 부모님도 있었다. 하지만 사전캠프에서 열심히 준비하고, 현지에서 노력하면 충분히 극복할 수 있다. 영어 사전캠프 때 학부모와 아이들, 나, 원어민 샘이 모여 조를 나누었다. 그리고 우리가 평소 하는 대화를 모두 한글로 적어서 발표했다. 모아놓고 보니 우리의 대화는 대부분 일상적이고 반복적이었다. 그 대화들을 파파고나 구글 번역기의 도움을 받아 영어로 옮겨 적고 다시 발표했다. 원어민 선생님은 각 조에서 발표한 영어 문장에 대해 좀 더 구어적이고 실용적이고 쉽고 간단한 표

길 위에서 자라는 아이들

현을 알려주었다.

엄마와 아이들의 반응은 한마디로 "아!"였다. "생각보다 어렵지 않다. 미국에서도 충분히 영어로 생활할 수 있겠다" 하면서 용기를 냈다.

출국 전까지 정리된 영어회화 리스트를 보면서 연습을 했다. 나는 자신이 있었다. '가서 해보면 안다. 영어를 못 해도 살아갈 수 있고, 영어로 말하게 되면 삶이 더 윤택해진다는 것을.'

– 미국에서 영어로 생활하기

비행기에서 내려 미국 땅을 처음 밟았을 때, 영어에 가장 자신이 없었던 친구는 입을 꾹 다문 채 옹알이 같은 소리를 많이 냈다. 하지만 친구들이나 선생님, 미국인 가족들의 영어표현을 스펀지처럼 받아들였고, 한국으로 돌아갈 때는 비록 유창하지는 않아도 일상생활에 필요한 표현은 충분히 할 수 있게 되었다. 더불어 영어에 대한 두려움을 뛰어넘어 자신감을 얻었다.

아이들이 주로 쓰는 우리말에는 긍정적이고 희망찬 언어만 있는 게 아니다. 대체로 한국 사람들은 긍정적인 표현에 인색한 편이다. 하지만 일상적이거나 심지어 좀 부정적인 표현도 영어로 하면 긍정적인 느낌으로 바뀌는 게 많다. 예를 들면 "How are you?" 하고 상대가 물을 때 특별히 나쁜 일이 있는 경우가 아니라면 "I'm good"이라고 자연스럽게 답하는 것이다.

아무리 인성교육을 열심히 하고 친구들과 대화할 때 서로 지지해주는 언어를 많이 쓰도록 훈련을 시켜도 아이들은 주변의 영향 때문에 부정적인 단어를 많이 쓴다. 또 재미 삼아 친구를 놀리면서 나쁜 표현을 많이 쓰게 된다. 그런데 영어만 쓰게 하니 긍정적인 표현을 많이 하게 되었다. 영어가 짧아서 그런 경향도 있지만, 긍정적인 표현을 많이 쓰면서 그에 따른 매너가 생기기도 했다. 일상에서 "I'm sorry! Thank you!"를 수시로 쓰게 된 것도 작지 않은 변화다. 평소 가까운 사람들에게 얼마나 "고마워, 미안해"를 쓰는지 비교해보면 금세 알 수 있다.

미국에서 특히 우리 아이들이 많이 썼던 마법의 단어는 바로 "Please"였다.

"야 빨리 물 줘!" "청소 좀 해!" 대신 "Water please~" "Clean up please~"를 쓰게 되니 말하는 사람도 듣는 사람도 좀 더 고운 마음을 가질 수 있었다. 이런 점에서 영어만 쓰는 것은 아이들 사이의 갈등 예방에도 매우 효과적이었다.

또 나는 현지인과 함께할 때 그들이 알아들을 수 없는 한국어로 떠드는 것은 매너가 아니라는 걸 여러 번 당부했다.

이탈리아 피렌체 여행 때 한 광장에 들렀다. 화가들은 그림을 그리고 있었고, 악사들은 악기를 연주하고 있었다. 아이들과 나

길 위에서 자라는 아이들

는 마치 그림 속 주인공이 된 것처럼 예술적인 분위기에 흠뻑 젖어 있었다. 지나던 관광객들이 감탄의 인사를 건네면 화가나 악사들은 미소로 답례했다. 그런데 갑자기 중국인 단체 관광객이 우루루 몰려와서는 그분들을 손가락으로 가리키며 알아들을 수 없는 중국어로 뭔가를 떠들었다. 그 말이 칭찬인지 감탄인지는 모르지만, 중국어를 모르는 사람들에게는 시끄러운 소음이나 마찬가지였다. 갑자기 그림 같은 풍경 속의 모든 분들이 불편한 감정 속으로 빠져들었다.

앨라배마 바이크 클럽과 함께 라이딩을 갔을 때의 일도 기억에 남아 있다. 당시 모두 미국인이고 나 혼자 한국인이었다. 모두 영어로 담소를 나누는데, 그들의 말이 너무 빨라 중간중간 흐름을 놓치거나 대화 내용을 이해하지 못할 때가 있었다. 그럴 때면 나도 모르게 소외감과 외로움 그리고 '왜 나는 영어를 능숙하게 하지 못할까' 하는 좌절과 슬픔이 밀려오기도 했다.

아이들에게 이런 에피소드를 들려주면서 미국인들이 우리와 함께할 땐 반드시 영어만 쓸 수 있도록 여러 차례 당부했다. 부탁만 해서는 습관화가 되지 않기 때문에 '벌금'이라는 장치를 두었다. 아이들은 처음에는 벌금 때문에 싫어도, 어색해도, 부끄러워도, 몰라도 영어로만 말했다. 친구가 하는 표현을 듣고 따라하기도 하고, 물어보고 하기도 하고….

역시 아이들은 어른보다 빨랐다. 일주일. 한 사이클이 돌고 나니 '영어로만 말하기'가 자리를 잡아가기 시작했다. 아이들끼리만 있는 서머캠프에서는 어떻게 지내는지 모른다. 하지만 나와 함께하는 시간에는 그들의 노력이 확실히 보였다. sorry, thank you, excuse me, please가 술술 나왔다. 역시 영어는 철저한 연습이다. 연습할 기회가 많으면 분명히 는다. 잘 못 알아들으면 내가 들은 것이 맞는지 묻고 다시 말하면 된다.

아이들은 미국에서 보낸 한 달 보름 동안 외국인 앞에서 영어로 말하는 게 어려운 일이 아니라는 것을 깨달아 갔다. 그리고 그들의 문화를 이해하면 더욱 쉽고, 배경 정보가 있으면 더욱 쉽게 소통할 수 있다는 것도 알게 되었다. 그들과 관계가 돈독해질수록 좀 더 영어를 잘하고 싶어했고, 영어 공부의 필요를 더 느끼게도 되었다. 어쩌면 이것이 미국 여행에서 얻은 가장 큰 수확이 아닐까 싶기도 하다.

– 두려움 없이 영어로 말하는 아이들

"David, please come here. Look at this. It's amazing."

"Nell, please come back soon, fast! Fast! I will miss you so much!"

동부 여행을 마치고 다시 몽고메리로 돌아왔을 때, 미국 가족들은 아이들의 폭풍 성장에 깜짝 놀랐다. 보름 동안 부쩍 크기도 했지만, 특히 영어가 몰라보게 향상되었기 때문이다.

오렌지 가족의 집에 머무는 동안 일상 대화를 할 기회가 많았다. 이미 한 달 동안 이웃으로 같이 보냈고, 보름 동안 못 보다가 다시 돌아와 함께 시간을 보내면서 그 애틋함은 더해졌다. 여행을 통해 부쩍 자란 아이들이 오렌지 가족을 대하는 마음도 더 친숙하고 정겨워졌다. 그래서 더더욱 쉽게 영어를 할 수 있게 된 점도 있다.

독서를 할 때, 평소 잘 알고 있거나 관심이 있는 내용 또는 배경지식이 있는 경우, 내 생각과 같거나 혹은 내가 하고 싶은 말을 작가가 대신 표현해 냈다거나 하면 술술 책장이 넘어간다. 외국어도 마찬가지다. 내가 좋아하는 것이 외국어로 되어 있거나, 내가 좋아하는 사람이 외국인이거나, 그 나라의 문화를 잘 이해하고 있으면 좀 더 쉽게 그 나라 말로 소통할 수 있게 된다.

호주에서의 일이다. 브라질 여자친구가 한 달 넘게 학교를 나오지 않은 적이 있다. 그런데 그녀가 학교로 돌아왔을 때는 영어 실력이 부쩍 늘어 있었다. 같은 반 일본인 친구들과 함께 어떻게 된 일이냐고 물었다. 답은 간단했다.

"호주 남자친구가 생겨서 함께 여행하느라 못 나왔어."

그때 알았다. '영어가 가장 빨리 느는 방법은 영어권 남자친구를 사귀는 것이구나!'라는 걸.

아이들이 한국으로 돌아올 때쯤 영어를 자연스럽게 말하게 된 것은 '24시간 영어로만 말하기, 한국말 쓰면 5달러 벌금'이라는 장치 덕분이기도 했지만, 그보다는 자연스러운 영어 환경 덕분이 더 컸다. 아이들에게 영어는 '학습'이 아니라 소통의 수단이자 생존에 꼭 필요한 도구였다. 특히 미국 가족들과 많은 시간을 보내며 그들의 문화를 이해하게 되었고, 그들에 대한 이해와 친밀도가 생기면서 소통이 자연스러워졌다. 그리고 우리 할머니 할아버지에게 종알종알 떠들어대듯 오렌지 가족과 이야기를 나누었다.

"아침밥은 수영장에서 먹을래요."

"빨리 물놀이해요."

"고양이 밥은 제가 줄게요."

미국 가족들 역시 지대한 관심과 사랑으로 아이들을 보살폈다.

"우리 오늘은 쇼핑 후 델리퀸 어때?"

"물놀이할 때 배고프면 피자 구울까?"

이렇게 아이들의 의견을 묻고 마음을 살펴준 덕에 아이들은 사랑이 가득 담긴 영어를 듣고, 말할 수 있게 되었다. 한국 아이들을 가까이서 접해본 적이 없는 미국 가족들 역시 영어를 말하는 아시안 아이들이 신기하고, 기특하고, 훌륭해 보인다고 했다.

서로 마음을 통하고자 했기에, 진심을 전달하고 싶었기에 그들과 통할 수 있는 언어를 사용하고자 하는 마음이 간절했고, 그 필요 또한 명확했다.

김민정

우리는 지난 미국 여행에서 영어 이외의 다른 언어를 사용할 경우 벌금 5달러를 냈다. 또 워크북, 일기, 자기 과제 등을 하지 않았을 때도 벌금을 냈다. 일기는 꽤 까다로웠다. 다섯 줄 이상 예쁜 글자로 써야 했기 때문이다. 이렇게 하나하나 벌금을 냈기 때문에 500달러만 가져간 우리에게는 버거웠다. 하지만 미루지 않고 잘 쓴다면 보너스로 벌금 1회 면제권 등을 받을 수 있었다.

우리는 벌금 확인 당번을 생일 순으로 했다. 우서원 – 김윤오 – 이수민 – 서현주 – 김민정 – 이준호 순서였다. 우리끼리 규칙도 만들었다. 두 번 경고를 주었는데도 계속 친구를 놀리면 벌금 5달러였다. 한 가지 고민은 뭔가 말하다가 모두 어떤 단어를 모를 때였다. 예를 들어 "You very 불쌍" 이런 경우다. 억양은 분명 한국 말인데 영어 문장을 말하거나, 영어로 그 한국말을 바꿔서(단어를 바꾸는 게 아니라 '저리가 = jurriga') 쓰는 경우가 있었다. 후자는 도은 선생님이 그건 아니라고 해서 한국말로 쳤다. 하지만 억양은 어떻게 할 수가 없었다.

벌금을 누가 얼마씩 냈는지는 정확히 모르겠지만 하루에 제일 많이 낸 사람은 김윤오인 것 같다. 준호를 놀렸기 때문이다. 사건은 처음 몽고메리에서 시작됐다. 준호의 비밀스러운 일을 윤오가 YMCA에서 놀렸다. 우리는 YMCA 안에서 한국말을 쓸 수 있는 코리안 타임을 만들었다. 그날 벌금 확인 당번이 '코리안 타임!'이라고 하면 한국말을 써도 되는 거였다. 그런데 윤오가 놀린 것 때문에 몹시 화가 난 준호가 '윤오 빼고 코리안 타임'이라고 한 것이다. 윤오도 화가 나서 억울함을 우리한테 한국말로 표현했다. 윤오가 억울한 이유는, 준호는 자신을 엄청 못됐다고 놀렸지만 자신은 한번도 그런 적이 없었기 때문이다. 우리도 이해가 가지 않았다. 나는 '공은 공, 사는 사'라고 생각했다. 이 사건은 벌금과 관련된 것 중 거의 가장 큰 사건이었다.

캠프에 참가했던 학생으로서 한마디만 선생님께 부탁드리자면… "5달러는 심했습니다! 선생님, 6,000원은 심했어요"이다.

1장

우리는 지구인

우리는 지구인

앨라배마의 주도(state capital)인 몽고메리는 애틀랜타에서 두 시간 거리에 있는 작은 도시로 현대자동차의 미국 거점이기도 하다. 한국인이 5,000명 정도 살고 있어서 중심가부터 외곽까지 한국 교회가 많다. 하고 많은 거대 도시들을 두고 한국에서 가장 먼 동부, 게다가 작은 시골 마을에 베이스캠프를 차린 것은 나름 이유가 있다.

2018년의 첫 미국 여행은 수빈이 엄마(혜경 언니)의 "미국에 놀러 와~"라는 한마디에서 시작되었다. 서원이의 친구이자 지구 촌 아이 멤버이기도 했던 수빈이네는 아빠가 몽고메리 주재원으 로 발령이 나면서 미국으로 떠났다. 당시만 해도 나는 '미국은 엄청 큰 경제 대국이지만 총기 소지가 가능하고 미성년자도 운전 이 가능해서 매우 위험한 곳'이라는 인식이 있었다. 가보지 않은 곳에 대한 막연한 두려움도 있었다. 한편에서는 유서 깊은 낭만 과 기품, 수천 년의 세계사를 품고 있는 유럽을 좀 더 만끽하고 싶다는 마음이 가득했던 터라 미국행은 망설임이 많았다. 하지 만 막상 몽고메리에 와보니 평화롭고 온화한 곳이었다. 특히 몽 고메리 라이딩 모임에서 만난 유대인 가족(친구지만 지금은 가 족이 된 분들)은 다시 몽고메리로 돌아오게끔 내 마음을 사로잡 았다.

– 김치 담는 버스기사

두 번째 몽고메리 방문은 몸도 마음도 한결 편했지만 15인승 미니버스에 아이들을 태우고 다니는 것은 정말 부담스러웠다. 그때까지 내가 직접 몰아본 가장 큰 차량은 지구 한 바퀴 제주 캠프 때의 11인승 스타렉스였다.

늦은 밤 애틀랜타 공항에서 입국심사를 마치고 렌터카를 픽업했다. 주변도 잘 보이지 않는 깜깜한 밤시간, 공항에서 몽고메리까지 오는 두 시간 반 동안 아이들은 흥분해서 웃고 떠들어댔지만 나는 긴장으로 등에 땀이 줄줄 흘렀다. 마치 운전면허 실기시험을 두 시간 반 동안 치른 것 같은 기분이었다.

새벽 1시가 넘어 우리가 머물 집에 도착했다. 집주인에게 미리 받은 도어록의 비밀번호를 아이들과 함께 번갈아 가며 몇 번씩 눌러 보았지만 문이 열리지 않았다.

"선생님 생긴 건 쉽게 생겼는데, 안 열려요."

"우리 밖에서 자야 돼요?"

시끌벅쩍 여러 차례 시도 끝에 겨우 문을 열었다. 각자 방을 정하고 짐을 푼 다음 한국의 부모님들께 보낼 영상편지를 찍었다. 아이들은 앞으로 한 달 동안 묵을 큼직큼직한 집을 마음에 들어 하며 모두들 밝고 들뜬 모습으로 인사를 남겼다. 그런데 마지막 순서였던 민정이가 축 처진 모습으로 '집에도 가고 싶고 엄마도 보고 싶다'는 예상 밖의 인사를 남기는 것이 아닌가!

'앗! 큰일이다! 이제 막 도착했는데….'

초긴장 속에서 그날부터 며칠은 민정이 살펴보기 대작전이 펼쳐졌다. 최대한 지금 이 순간에 온 마음을 쏟을 수 있도록 바쁘게 만들었다. 잠시 짬이 나는 시간이면 놀이를 하거나 차에 태워 긴급 나들이를 나갔다. 일정을 좀 일찍 마치면 시원한 쇼핑몰로 데려가기도 했다. (서원이가 어린 시절 내가 출장을 갈 때면 시댁에 아이를 맡기곤 했는데, 시부모님도 아이를 경운기에 태워 장이나 밭에 가기도 하고, 시골 동네를 손잡고 돌아다니기도 하며 밤이 되면 피곤에 지쳐 잠들게 만들었다고 했다.)

아이들은 쉴 틈 없이 바빴다. 그리고 나는 아이들을 좀 더 자주 보듬어주고, 안아주고, 마음을 살폈다. 그 덕분에 내 안에 얼마나 많은 사랑이 잠재되어 있는지 알게 되기도 했다.

김치도 담갔다. 고급요리는 잘 못해도 아이들이 좋아하는 음식들은 아주 능숙하게 요리하는 편이라 식사 준비는 아무 문제가 없었다. 하지만 혹여나 아이들이 김치를 그리워할까 싶어 미국 채소와 한국에서 가져온 고춧가루로 김치를 담갔는데, 안타깝게도 전혀 인기가 없었다.

– 몽고메리 생활

날이 밝았다. 미국에서 맞이하는 첫 아침이었다. 우리는 계획표에 따라 아침 운동을 시작으로 일일미션까지 착착 움직였다. 첫 출발을 제대로 해야 초심을 잃지 않고 목표를 향해 갈 수 있기 때문에 첫날부터 마음을 다잡았다. 잘 먹이고, 잘 재우고, 집 생각 안 날 만큼 재미있게 지낼 수 있도록 잘 보살폈다. 그리고 어떤 일을 하든 눈에 보이는 아이에게 도움을 청했다. 특히 요리하는 것을 좋아하는 수민이는 식사시간마다 도마 씻어주기, 그릇 엎어두기, 쓰레기 버리기 등으로 나를 도왔다. 아이들이 편안함을 느끼도록 이런 부분에서는 원하는 걸 대체로 허용해주었다.

아이들은 한국에서 다짐한 대로 아침 5시 반에 일어나 선생님들이 준비해놓은 아침을 직접 챙겨 먹고 아침운동을 했다. 6시 20분, YMCA 서머캠프 셔틀을 타고 갔다가 오후 4시 반에 돌아왔다. 간단한 쇼핑과 동네 구경을 마치고 저녁식사를 한 뒤 학습과 일일미션 등 남은 미션을 하고 잠자리에 들었다. 아이들이 빼곡한 일정을 소화하는 동안 나는 장보기, 아침·저녁 준비하기, 개인훈련, 아이들 워크북 학습 체크 등 일상을 지켜나갔다.

또 다른 나의 임무는 함께 온 선생님들을 살피는 일이었다. 봉사 차원에서 동행하신 분들이지만 나름 의미 있는 시간을 보냈으면 하는 마음 때문이었다. 선생님들은 다양한 스포츠 프로그램과 영어 튜터, 미국 가족과 친분 쌓기 그리고 아이들 프로그램 준비에 동행했다. 하지만 상대적으로 체력이 좋고 에너지가 많은 나와는 달리 다른 선생님들은 나를 따라다니기가 매우 벅찼다는 걸 나중에야 알게 되었다.

문득 언젠가 독서 모임에서 나누었던 대화가 생각난다. 지구

한 바퀴 캠프에 동행하고 싶어하는 한 선생님의 질문에 다른 선생님이 대답했다.

"도은 선생님 캠프에 스태프로 참여하려면 체력이 엄청 좋아야 해요. 그냥 체력도 아니고 철인 체력. 안 그럼, 못 따라다녀요."

"그럼 스태프를 뽑을 때 면접 대신 체력장을 하면 되겠네요. '10km 45분 이내 통과자' 이런 식으로."

정말 좋은 생각인 것 같다. 10km를 45분 안에 달리려면 기본 체력도 좋아야 하지만 경기 운영도 잘 해야 하고, 정신력도 좋아야 한다. 다음 캠프에 선생님들을 선발할 때는 꼭 참고해야겠다.

군 입대를 앞둔 대학생인 영웅 샘은 빨래, 청소 등의 소소한 집안 일은 물론 아이들 운동이나 식사 등 내 손이 잘 닿지 않는 곳까지 잘 커버해주었다. 작은 손이 10개는 되는 듯했다. 그리고 지미 샘은 원래는 운전과 식사, 아이들 두뇌 개발 프로그램을 맡았는데, 꼼꼼하고 완벽한 성격 탓에 미니버스 운전과 대량 식사 준비는 시간이 좀 필요했다. 그래서 운전은 차차 하기로 하고 나를 도와 아이들 식사와 간식 준비를 주로 맡았다. 아이들 지도를 오래 해왔고, 아이들에 대한 사랑이 지대하였기 때문에 아이들을 섬세한 관심과 사랑으로 꼼꼼히 살피는 큰엄마 같은 포근한 역할을 잘 해주었다.

아이들과 선생님들은 모두 낯선 땅, 낯선 환경, 14시간이나 느린 한국과 반대 시차에 적응하며 각자 자리에서 하루하루 자기 생활을 해나갔다. 서로를 알아가고 이해하면서.

– 열세 살의 적응기간 1주일!

몽고메리에 온 지 일주일, 아이들도 선생님들도 미국 생활에 젖어들었다. 지구 한 바퀴 캠프 때마다 느낀 거지만, 처음 1주일이 참 중요했다. 처음 먹은 마음과 처음 선택한 에너지대로 남은 기간을 끌고 갔다. 새해 첫 결심처럼 늘 시작은 창대하다.

아이들도 마찬가지였다. 어린아이들이기에 생활구조와 마음가짐을 정확히 세팅해놓지 않으면 어디에 마음을 두어야 할지 모르게 되고, 자신의 감정 흐름대로 또는 한국에서 하던 대로 생활하게 된다. 이번 미국행은 6년 동안 함께했던 친구들이고 1년 동안 집중적으로 준비했기 때문에 아이들의 마음도 나의 마음도 같았다. 이런 첫 마음은 낯선 시공간에서 익숙하지 않았던 것들과 마주해야 하는 모든 이에게 목표한 바를 이루고자 하는 실행력으로 이어졌다.

〈노자〉에 '끝을 맺기를 처음과 같이 하면 실패가 없다'라는 말이 있다. 즉 '초심·발심·뒷심'이라는 세 가지 마음이 모두 중요하다. 목표를 이루려면 초심을 잃지 않아야 하고, 멈추고 싶을 때마다 계속해 나가고자 하는 발심을 유지해야 한다. 그리고 뒷심이 있어야 목표에 도달할 수 있다. 이 가운데 내가 가장 중요하게 생각한 것은 발심이다. 발심은 일관성 있게 밀고 나가는 꾸준함이 쌓여 뒷심을 발휘할 수 있는 근간이 되곤 했다.

철인3종 시합 때도 늘 이 세 가지 마음을 만나게 된다. 취미로 운동을 하는 동호인이거나 초보 선수라 해도 처음 출발선에 섰을 때 '대충 해야겠다' 하는 사람은 없다. 하지만 장시간 경기를 뛰면서 한계에 다다르면 '완주만 하자' '이 정도만 해도 잘했어' 또는 '월요일에 출근하려면 무리하면 안 되지' 하는 마음이 올라온다. 그럴 때마다 땀 흘렸던 훈련시간을 떠올리며 마음을 다잡곤 했다. 그렇게 달린 거리가 조금씩 쌓여 결승점에 다다르면 나도 모르는 괴력이 나온다.

누구나 마찬가지다. 아무리 지쳤어도 결승선을 통과할 때는 자신도 모르게 힘차게 팔을 흔든다. 그러면서 기쁨과 환희, 벅찬 감동이 밀려온다. 그 모든 아름다운 감정들은 다른 누구도 아닌 자기 자신을 향한 것이다. 그리고 진심으로 자신을 사랑하게 된다. 나는 우리 아이들이 매일 매일 최선을 다한 뒤에 얻는 그런 경험과 마음을 통해 자신을 믿고 사랑하는, 내면이 강한 아이로 자라게 돕고 싶었다.

– 몽고메리 YMCA 여름캠프

몽고메리에는 지역별로 비영리 단체인 YMCA 브랜치가 있어서 다양한 스포츠 활동이 가능하다. 특히 다양한 어린이 프로그램이 개설되어 있다. 회원제로 운영되기 때문에 미국에 오기 전에 미리 회원 가입을 해 두었다. 여섯 명의 지구촌 아이들은 내 아이, 두 선생님은 나의 가족으로 등록했다.

매주 달라지는 서머캠프는 주당 참가비 200달러에 점심식사와 차량 픽업이 포함된 종일 체험 프로그램이다. 산속에 베이스캠프를 두고 한국에서는 체험하기 힘든 카누, 낚시, 농구, 탁구, 워터슬라이드, 승마 등 다양한 스포츠를 즐길 수 있게 한다. 우리 아이들은 2주 동안 캠프에 참여하면서 다양한 친구를 만났다. 아이들은 캠프에서 만난 다양한 친구들 얘기로 열띤 대화를 이어가기도 했다. 특히 미국에서 태어나고 자라 한국어는 서툴지만 영어는 잘하는 한국인 2세 친구들의 도움을 받기도 하고, 서로 다른 문화적 차이에 대해 배우기도 했다.

내가 근접할 수 없는 아이들만의 세계이기에 그저 믿고 지지해주는 것이 최선이었다. 다행히 캠프에 가기 싫어하는 아이는 없었다. 캠프 때문에 피곤해하는 때는 있어도 싫다는 내색 없이 저녁 스케줄을 씩씩하고 신나게 잘 해낸 것을 보면 서머캠프는 '미국에서 살아보기'를 체험하기에 참 좋은 프로그램이었던 것 같다. 가끔 여섯 명 아이의 엄마로서 아이들을 '인수했다'는 사인을 놓치는 바람에 다시 돌아가 사인을 해야 하는 번거로움만 빼면 정말 강추하고 싶은 프로그램이다.

YMCA 일기 1

우서원

● 2018년 7월 18일, 수요일 맑음

오늘도 여전히 무더운 여름날! 밥을 먹고 박물관에서 훔쳐 온 듯한 낡은 노란 버스를 타고 YMCA로 갔다. 도착하자마자 나는 농구공부터 잡아서 알찬 하루를 시작했다. 농구를 하고 산속으로 가서 수영도 하고 다이빙도 하고 미끄럼틀과 스윙(swing)도 탔다. 다이빙은 가슴이 조금 쫄깃했지만 그래도 정말 재미있었다. 다음으로는 정말 중요한 점심밥 시간! 토스트와 함께 카레, 참치도 나왔다. 맛이 없을 줄 알았는데 의외로 맛있었다.

● 감사일기

살아있게 해준 신께 감사합니다.

애들이 모두 잘 적응하고, 즐겁게 있어서 감사합니다.

친구들과 함께 미국에 오게 된 것에 감사합니다.

선생님들이 맛있는 밥을 준비해 주어서 감사합니다.

YMCA 캠프에서 새 친구들을 만날 수 있어 감사합니다.

YMCA 일기 2

서현주

● 물놀이 테스트

우리는 물놀이를 하기 위해 먼저 테스트를 했다. 테스트를 통과한 사람은 파랑, 통과하지 못한 사람은 빨강 태그를 받았다. 다행히 지구촌 아이 여섯 명은 모두 파랑 태그를 받았다. 물놀이 장소는 강이었다. 강에는 나무로 돌아다닐 수 있도록 다리가 설치되어 있었고, 다리 곳곳에는 사다리도 있었다. 물놀이 장소에는 스윙, 워터슬라이드, 긴 워터슬라이드, 다이빙대, 직사각형의 노란 부표가 두 개 있었다. 이수민은 다이빙하다가 다쳐서 입술에 피가 났다.

● 바나나보트

첫 주에는 다섯 명만 탔다. 이수민이 '급똥'으로 타지 않았기 때문이다. 구명조끼를 착용한 다음 보트를 타고 넓은 강으로 갔다. 보

길 위에서 자라는 아이들

트에서 내려서 바나나 보트로 갈아타고 신나게 놀다가 떨어졌다. 재미있었다. 둘째 주에는 여섯 명 모두 탔다. 바나나 보트에서 떨어지고 싶지 않아 하는 몇몇 사람 때문에 바나나 보트에서 떨어지지 않고 그냥 보트로 돌아갔다.

●아트 룸

만들기를 했다. 주로 매듭공예와 비즈를 이용한 팔찌, 장식품 등을 만들었다.

●게임 룸

당구, 에어하키, 탁구 같은 놀이를 할 수 있었다. 우리는 주로 탁구와 에어하키를 했다.

●점심식사

물놀이를 끝내고 나서 옷을 갈아입고 점심을 먹으러 갔다. 점심식사는 우유와 함께 나왔다. 샐러드 바도 있었다. 샌드위치를 먹은 날에는 샐러드 바가 치즈, 토마토 같은 샌드위치 재료로 채워져 있었다. 음식에 핫소스를 많이 뿌려 먹었다. 점심식사가 끝나면 1·2·3조로 나눠서 승마, 양궁, 새총, 농구 등의 활동을 했다..

– 뉴 스포츠 체험

우리는 입국 3주 차에 철인3종 대회에 출전할 예정이어서 훈련 삼아 매일 수영스쿨과 농구캠프, 카약, 래프팅 등의 레저 투어를 했다. 그리고 집 앞 윌리엄 YMCA 브랜치에서 아이들이 좋아하는 케이팝 댄스를 했다. 본래 '줌바'(zumba) 종목이었는데, 아이들은 '아줌마들이 하는 댄스 수업'이라며 장난을 치곤 했다. 줌바는 라틴댄스에 에어로빅 요소를 결합한 유산소 운동으로, BTS의 노래에 맞춰 하는 프로그램이 많아서 아이들이 좋아했다. 신나게 땀을 흘리고 아침식사를 하면 골고루 잘 먹었다.

신나는 카약 래프팅

이준호

데이비드와 함께 카약을 타러 YMCA 아래에 있는 쿠사(Coosa) 강에 갔다. 카약 보트와 노를 꺼냈다. 보트를 밀어서 강물에 띄운 다음 노를 저으며 출발했다. 조금 가다 보니 다이빙을 하기에 적절한 장소가 나왔다. 그 앞에 카약을 세우고 바위를 타고 올라가서 다이빙 준비를 했다. 높이가 5~6m나 돼 보였기 때문에 할까 말까 망설이다가 했다. 한 번 하니 계속하고 싶어졌다. 그래서 한 번 더 했다. 할 사람은 하고, 무서워서 못 뛰겠다는 사람은 뛰지 않았다.

다시 보트를 타고 출발했다. 첫 번째 급류가 나타났지만 많이 급해 보이진 않았다. 천천히 통과했다. 안전해서 좋았지만 한편으론 스릴이 없어서 아쉬웠다. 두 명이 같이 젓다가 힘들면 한 명이 젓고, 충전되면 다시 두 명이 저었다. 서로 도움을 주고받으면서 경치를 구경하니 예쁨에 감탄하고, 서로 협동하니 즐거웠다.

하지만 수민이 형이 갑자기 코피를 흘렸다. 우리는 모두 놀랐다. (난 직접 보지 않아서 정확하게 아는 것이 아니다.) 노를 젓다 보니 다시 급류가 나왔다. 이번 급류는 급해 보였다. 모두 힘들게 거쳐왔다. 거의 3분의 1 지점쯤에서 쉬면서 형들과 물수제비를 하고 놀았다. 다시 배를 타고 강으로 나가서 노를 저었다. 또다시 급류가 보였다. 다른 사람들은 잘 지나쳤는데 나는 바위에 부딪쳐 넘어질 뻔했다. 다시 한두 개의 약한 급류를 지나니 끝이 보였다. 서원이 형과 윤오 형이 끝을 지나쳐 가는 바람에 불러서 되돌아오게 했다. 처음 타는 카약이어서 그런지 정말 재미있었다.

케이팝 댄스

김윤오

우리는 집 가까이 있는 윌리엄 브랜치에서 케이팝 댄스를 배웠다. 실내 농구장 같은 체육관이었는데, 정말 우리가 춤추기에 넉넉할 만큼 큼직했다.

미국 사람들이 우리나라 노래에 맞춰 춤을 추는 것이 신기했다.

처음에는 동작을 잘 몰라서 조금 어려웠지만, 하면 할수록 쉬워졌다. 한 시간 동안 선생님의 동작을 따라 음악에 맞춰 몸을 움직였다. 나는 두 번째 시간 선생님이 더 좋았다. 더 신났기 때문이다.

케이팝 댄스는 힘들었지만, 춤을 추니까 땀도 나고 재미있었다. 방탄소년단 노래에 맞춰 춤을 추고, 체조를 할 때는 준호, 서원이, 수민이가 더 좋아했다.

마지막 시간에는 케이팝을 같이 배운 미국 사람들 앞에서 태극 기공 공연을 했다. 선생님이 우리를 비디오로 찍었고, 박수도 많이 받았다. 재미있었다. 그리고 뿌듯했다.

– 수영스쿨

YMCA 수영스쿨에 2주간 등록했다. 거리는 좀 멀었지만 철인

3종 대회를 준비하려면 그곳이 제일 적당했다. 첫날 레벨 테스트를 하고 반을 배정받았는데, 우리 아이들은 모두 고급반을 배정받았다. 최고급반 경기복을 입은 우리 아이들이 미국 아이들 사이에 서 있는 걸 보고 지나가는 코치들과 학부모들이 선수냐고 물어봐서 아이들은 어깨가 으쓱했고, 나는 즐거웠다.

미국의 경우 수영장에서도 보호자가 늘 함께 있어야 한다. 미국 엄마들은 아이들이 수영강습을 받는 동안 의자에 앉아 지켜보고 있었고, 여섯 명 아이들의 엄마인 나는 옆 레인에서 수영을 하면서 아이들을 지켜보았다.

끊임없이 "Good job! Keep going! Keep going!" 하는 소리가 들려온다. 우리나라 수영장에서는 참 듣기 힘든 소리다. '잘한다. 잘한다.' 아낌없는 칭찬은 배영을 못하던 친구로 하여금 배영으로 쭉쭉 25m를 갈 수 있게 만들어주었다.

강습을 마친 뒤 코치는 엄마에게 그날 수업 평가를 따로 전달해주었고, 우리 아이들은 매일 남아서 서로 기록을 측정해주며 추가 연습을 했다. 선생님들이 주는 피드백은 날마다 순서는 조금 바뀌었지만 정리해보면 늘 우리 아이들이 잘한다는 내용이었다. 어느 날은 직접 서류를 들고 와서 열심히 설명을 했는데, 결론은 역시 잘한다는 것이었다. 하려고 하는 아이, 제대로 할 줄만 알면 최고점을 주는 평가방식이 참 마음에 들었다. 칭찬에 인색하고, 평가기준이 엄격하고 빠듯한 그리고 무엇보다 완벽함을 요구하는 한국사회의 평가와는 달라 교육자로서 다시 한번 나를 돌아보게 했다.

- 농구

오렌지 가족을 포함해서 몽고메리에 정착한 유대인들은 자선행사를 많이 했다. 웨스트 할아버지는 지역 주민들을 대상으로 하는 5km 건강달리기 대회를 개최하여 많은 몽고메리 사람들이 함께 달릴 수 있도록 했다. 자전거를 좋아하는 넬과 데이비드 오렌지 부부 역시 바이크 클럽 멤버들과 함께 행사를 만들고 후원했다. 아이들은 매튜 삼촌이 후원하는 농구대회에 참여했다. 유명한 선수를 초빙해서 농구를 가르쳐주고 시합도 하는 캠프였다. 매튜 삼촌은 의미 있는 스포츠 자선행사에 참여하는 것도 좋은 교육의 하나라며 적극 권유했다.

여자아이들은 사진을 찍어주거나 선물 나눠주기 봉사활동을 하고, 남자아이들은 직접 경기를 뛰었다. 또래의 미국 아이들은 우리 아이들에 비하면 마치 어른처럼 키도 크고 덩치도 컸다. 아이들은 그런 아이들과 경기를 하는 것 자체가 '반칙'이라며 불만이 많았지만, 같은 또래라는 것을 알고 난 뒤에는 '많이 먹고 많이 크자~'로 만장일치 결론을 내렸다. 아직도 아이들은 농구캠프 때 사진을 보면서 "엄마 얘가 열세 살이래! 반칙인 거 같지 않아? 그래도 지금 붙으면 이길 수 있을 것 같은데…" 하며 아쉬움의 추억을 나누곤 한다.

매튜 아저씨의 농구캠프

김민정

매튜 아저씨와 함께 농구캠프에 갔다. 너무 이른 시간이라 아직 시작 전이다. 두세 시간 정도 기다린 끝에 들어갈 수 있었다. 유니폼을 받아서 입었다. 다양한 연령대의 아이들이 들어왔다(열 살~열다섯 살 정도). 너무 다양해서 '어떻게 상대하지'라는 생각이 들었다. 하지만 이 캠프는 경기를 하는 곳이 아니라 배우는 곳이었다. 우리는 도은 샘한테 경기를 한다고 들어서 그런 줄 알았는데, 남자아이들은 시합을 하고 여자들은 내 디지털카메라로 사진을 찍었다.

강습이 시작되었다. 6개의 코스가 있는데 우리는 1번부터 했다. 1번은 드리블을 해서 슛을 넣는 것이었고, 2번은 공을 들고 떨어트리지 않는 연습이었다. 3번은 드리블이었다. 4번은 이상한 농구 기술이었다. 4번이 끝난 뒤 사진을 찍었다. 5번과 6번은 슛 연습이었다. 두 시간 정도 연습을 하고 점심을 먹었다. 점심은 피자 세 조각,

주 스, 과자였다. 맛있게 먹고 들어가니 수업이 다시 시작되었다.

이번에는 3대 3 시합이었다. 너무 강한 팀과 붙어서 우리가 졌다. 아쉬웠다. 캠프가 끝나고 다른 친구들은 색연필 등의 선물을 받았는데 우리는 가방을 가져가서 못 받았다. 아쉬웠다. 그 대신 상장과 함께 아까 찍은 사진, 어떤 농구선수의 사인이 든 사진을 받았다. 여러 가지 선물을 받아서 좋았다.

– 포커스 팀과 함께 보낸 일주일

'지구 한 바퀴'를 시작한 이후로는 여름이나 연말을 한국에서 가족과 함께 보내는 것은 포기해야 했다. 그런데 서원이가 열 살이 되었을 때, 그 아이가 여전히 성탄절 산타를 기다리고 있다는 사실을 알게 되었다.

'미안해 우서원, 아직 네가 산타를 믿고 있는 줄 몰랐어….'

가족뿐 아니라 내가 소속된 사이클 팀인 팀 포커스에도 미안했다. 동계·하계 전지훈련에 참석할 수 없었기 때문이다. 그런 이유로 2019년 포커스 팀의 하계훈련은 우리 아이들과 함께할 수 있도록 미국으로 초대했다. 지난여름, 데이비드 아저씨가 적극적으로 추진한 일이기도 했다. 다들 직장인이라 열두 명 가운데 여섯 명만 미국행 비행기에 올랐다.

한국에서 가져온 식량이 점점 떨어지고 몽고메리 생활에 적응이 될 때쯤 포커스 팀이 애틀랜타 공항을 통해 입국했다. 아이들은 미국 가족에게 맡기고 픽업을 하러 갔다. 참고로 당시 미국 여정에서는 몽고메리-애틀랜타 공항 왕복 픽업만 총 6회를 했다. 그만큼 사연도 많고, 오가는 손님도 많았다. 아이들은 한국에서 온 손님보다 어머니들께서 정성스레 싸서 보내주신 고추장과 된장 등 한국 음식을 더 반겼다. 덕분에 한국 음식 파티도 두 번이나 했다. 늘 먹던 건데, 미국에 있으니 그리 귀할 수가 없다. 특히 고춧가루, 매실, 고추장 등의 귀함을 새삼 깨닫게 되었다. 그 많던 음식은 열네 명의 식구가 먹어 치우니 금방 사라졌지만, 한동안 우리 마음은 푸근했다.

팀 포커스와의 8박 9일은 정신없이 지나가 버렸다. 나는 이 기간 동안 나의 무한한 체력과 능력을 발견했다! 새벽 4시부터 부지런히 아이들 아침 준비를 해두고, 팀 훈련을 다녀온 뒤 아이들과 외부활동을 했다. 그리고 저녁을 준비해서 먹이고, 미션을 하고, 정리를 하고 나면 12시가 되어서야 잠자리에 들 수 있었다. 하지만 피곤하기는커녕 마냥 행복하고 좋았다. 이런 나를 보며 포커스 멤버들은 '일하면서 전지훈련하는 사람은 지구상에 도은 씨밖에 없을 거야' 하면서 놀리기도 했다. 14시간을 날아 먼 미국 땅까지 찾아와준 그들 덕분에 얼마나 감사하고 행복한지, 그리고 없넌 힘노 생겼다는 걸 그들이 알까?

오렌지 아저씨를 비롯한 몽고메리 바이크 팀 멤버들이 매일 다양한 코스를 탈 수 있도록 지원해주었다. 웨스트 할아버지는 서포트 카에다 사진 촬영까지 맡아주었다. 아이들도 삼촌과 한 명씩 짝을 지어 같이하는 여행을 좋아했다. 아이들만 태울 수 없었던 카약도 포커스 팀 한 명에다 지구촌 아이 한 명으로 팀을 구성해서 신나게 쿠사강 래프팅을 즐겼다. 어찌나 든든했던지! 야구경기 관람을 갈 때도 많은 인파에 혹여 아이들을 놓칠세라 노심초사였을 텐데, 포커스 팀이 한 명씩 맡아주니 너무나 편했다. 특히 아이들의 철인3종 훈련을 적극 지원해주어 정말 큰 도움이 되었다. 또, 오렌지 가족들과 함께 일정이 정해진 아이 여섯 명과 올드보이 여섯 명을 픽업하고 케어하고 접대하는 일이 손발이 착착 맞았다. 오렌지 아저씨는 일정마다 내게 묻곤 했다.

"Doeun~ Do you want old boys or young boys?"

"I'll do young boys."

"Old boys mine!"

아주 간단한 사인으로 담당을 정했다. 한국인 친구가 많이 와서 신이 난 오렌지 아저씨는 평소보다 바쁜 일정에도 연신 싱글벙글이었다. 매일 새벽 우리를 픽업하러 오는 부지런함이란!

포커스 팀과 오렌지 가족이 함께 한국 음식 vs 미국 음식 배틀을

길 위에서 자라는 아이들

하면서 서로의 문화를 자랑하고 즐기며 한껏 고조되기도 했다. 준비해야 할 끼니도, 빨래도, 정리도, 식당 예약도 모두 두 배가 되었지만 함께하는 손이 많으니 일사천리였다. 사람들이 북적대는 만큼 에너지도 사랑도 이야깃거리도 많아졌다. 포커스 팀이 한국으로 떠나는 날은 한 할머니가 직접 준비하신 월남쌈 파티를 하고 오후 내내 굿바이 인사를 했다.

헤어짐은 떠나는 이도 남는 이도 모두 똑같이 아쉽고 슬픈 일이었다. 애틀랜타 공항에 포커스 팀을 내려주고 돌아오는 길에 괜히 혼자 서글퍼졌다. 또 다시 혼자가 된 느낌이랄까…. 어차피 혼자였는데, 함께하던 든든한 어른들이 없어진 것만으로도 서글펐다. 아침마다 아이들 깨우고, 사진을 찍어주고, 쓰레기를 버려주고, 운전까지…. 틈틈이 쪽잠을 자며 에너지를 충전할 수 있었던 달콤함도 그리울 것 같았다.

포커스 팀이 한국으로 돌아가고 나서 꼭 찼던 거실이 휑하니 비자 아이들도 모두 무섭다고 울먹였다. 그날 밤은 모두 꼭 끌어안고 빈자리의 어색함, 아쉬움을 달랬다. 이렇게 우리는 한국에서 오는 손님을 맞이하고 보내면서 마음이 자랐다. 만남과 이별 그리고 낯선 어른들과의 공동체 생활을 통해 섬기는 마음, 하나 되는 마음, 나누는 마음, 배려하는 마음을 알게 되었다. 그분들과 함께한 시간 그리고 떠난 후 다시 일상을 찾는 시간까지, 모든 순간이 배움의 연속이었다.

앨라배마 유대인 가족에게 배운 삶의 힘

미국 가족이라고 자신 있게 칭하는 오렌지 가족을 처음 만난 날, 데이비드와 넬은 2인용 텐덤 자전거를 타고 있었다. 처음 바이크 클럽의 주말 정기 라이딩을 나갔을 때 나는 헬멧도 신발도 모두 오렌지 컬러여서 많은 미국인들 사이에서도 눈에 딱 띄었다. 그래서 그런지 오렌지 가족들은 처음 보는 작은 동양 여자에게 매우 친절했다. 80마일을 달린 뒤 복귀하는 길에는 힘을 내라고 끌어주고 응원해주었다. 그렇게 인연이 된 오렌지 가족과는 지금도 친구 이상의 사랑과 우정을 키워가고 있다.

– 오르취가 오렌지로

열 번째 지구 한 바퀴 프로젝트가 미국행으로 결정되고, 함께할 아이들까지 정해졌을 때 데이비드 오렌지 아저씨는 함께할 아이들의 이름과 사진을 보내달라고 요청했다. 미리 얼굴도 익히고 이름도 외워놓겠다는 것이다. 나는 A4 용지에 아이들의 사진과 이름을 붙여 보내주었다. 아이들은 미국에서 누군가 자신을 기다리며 궁금해하고 있다는 사실 하나만으로도 캠프 준비에 의욕이 생겼다. 우리가 미국으로 갈 준비를 했듯 미국에서도 우리를 맞이할 준비를 했다. 아울러 우리가 어디서 머물고 어떤 활동을 할 것인지 조언해주었다. 특히 몽고메리에 머무는 동안의 일정과 여행 계획을 잡고, 손주들과의 일정도 같이 잡았다. 아이들은 여행에 대한 설렘도 컸지만 새로운 친구를 만나는 설렘으로 더욱 들떴다.

아이들이 데이비드 아저씨에게 "진짜 이름이 오렌지예요?" 하고 물었을 때 아저씨는 오렌지 가문의 옛이야기를 들려주었다. 본래 아저씨의 왕할아버지와 왕할머니의 성은 오르취였다. 그런데 이스라엘에서 뉴욕을 통해 미국으로 이주할 때 입국심사에서 '오르취'라는 성을 잘 알아듣지 못한 미국 관리가 "아~오렌지!" 하면서 잘못 표기하는 바람에 그때부터 오렌지 가문이 되었다고 한다. 그래서 그런지 오렌지 아저씨는 'Dawn Park'인 내 이름도 "더~은 버내너~" "더~은 파인애플" 하며 장난스럽게 바꿔 부르곤 했다.

어떤 인연이었을까. 한 아이의 엄마이자 교육자로서 늘 유대인 교육을 본받고 싶었고 아이를 그렇게 키우고 싶었다. 그런데 미국에서 깊은 인연을 맺게 된 분들이 성공한 유대인 가족이라니, 큰 행운이라는 생각이 들었다. 게다가 철인3종과 사이클이라는 공통 취미 덕분에 더 빨리, 더 쉽게 가까워지고 깊어질 수 있었다. 두 번째 미국행 일정을 짤 때 한 달여간 몽고메리에서 머물기로 했던 큰 이유가 바로 그분들과 함께 시간을 보내기 위해서였다.

우리 아이들에게 진짜 현지인들의 삶에 녹아 있는 문화인류학적인 여행을 경험하게 해주고 싶었다. 아울러 근접거리에서 그들의 문화를 온몸으로 경험하며 다양한 시야를 가지고 삶의 힘을 키우기를 바랐다.

첫 미국행에서 오렌지 가족에게 배운 것은 그곳에 얼마나 오랫동안 살았느냐가 아니라 그들과 얼마나 밀접한 시간을 보내고, 얼마나 진심으로 깊이 받아들이느냐가 더 중요하다는 사실이었다. 아이들 역시 몽고메리에서의 한 달은 여느 여행자의 한 달과는 비교할 수 없는 시간이었다.

커다란 밴을 끌고 다니는 작은 동양인 여자는 주유소를 갈 때도, 마트에 주차를 할 때도 "빅 마마 도은" 하며 인사를 건넸다. 그때 그 기간만큼은 스쳐 지나가는 인연이 아니라 마치 그 동네 사람인 것처럼 존재했다.

그런 친구가 한국에도 있다. 런던에서 만난 친구 엘렌이다. 그녀를 알게 된 지는 10년도 되지 않았고, 기껏해야 1년에 두세 차례밖에 만나지 못하지만 그녀는 분명 나의 베스트 프렌드다.

길 위에서 자라는 아이들

양보다 질! 얼마나 오랜 기간 알고 지냈느냐 또는 얼마나 자주 만났느냐가 아니라 얼마나 잘 통하고, 깊이 있게 진심으로 관계를 하느냐, 서로에게 얼마나 큰 영향을 주느냐가 중요하다.

워킹 맘 학부모들은 늘 "직장생활 하느라 아이와 함께할 시간이 부족해요"라고 하소연한다. 아버지 학교에 온 아버지들도 호소한다. "가족과 함께해야 하기 때문에 제 취미를 가질 시간이 없어요."

그런 분들에게 얘기해주고 싶다. 얼마나 오랫동안이 아니라 얼마나 진심으로 대했느냐에 초점을 두자고. 아이들과 함께하는 시간이 더 많다고 해서 더 많은 정서적 마일리지가 쌓이는 것은 아니라는 것을. 함께 있어도 각자의 생활과 생각에 빠져 있다면 따로 있는 것과 마찬가지다. 깊이 들어주고, 깊이 공감하고, 원하는 것을 성실하게 해주면 단 한 시간을 함께 있어도 마음이 꽉 찬다.

– 잔소리 대신 진심 어린 배려

오렌지 가족에게 특히 감동받았던 상황이 있다.

아이가 넬에게 "목이 말라요. 물 좀 주세요" 했더니 "오케이! 시원한 물 아니면 차가운 물?" 하고 넬이 되물었다. 차가운 물을 달라고 하니 "얼음을 넣어 줄까, 그냥 줄까?" 하고 다시 물었다.

마치 카페에서 손님의 주문을 받는 것처럼 아이가 원하는 것을 꼼꼼히 확인하는 것이었다. 아이는 환하게 미소 지으며 "Ice water!"를 외쳤다. 넬의 섬세하고 작은 배려 덕분에 아이는 이미 갈증이 해소된 듯했다.

나는 아이들이 물을 달라고 하면 미지근한 물을 컵에 담아 준다. 얼음이 들어간 시원한 물을 달라고 하면 "찬물 많이 마시면 배탈 나. 안 돼!" 한다. 나와 달리 넬은 아이가 시원한 물을 마시고 "땡큐" 한 다음에야 비로소 미지근한 물을 마시는 게 좋다는 이야기를 해준다. 나처럼 말하면 잔소리로 들리겠지만 넬의 이야기는 존중받고 대접받는 느낌 때문인지 주의 깊게 들었다. 그리고 다음부터는 "미지근한 물 주세요"라고 하게 되었다.

넬은 또한 아이들 한 명 한 명을 유심히 관찰하고 대화를 나누곤 했다.

"윌리엄(수민)이 부끄러움이 많이 없어졌어! 오늘 내가 묻는 말에 씩씩하게 대답했어!"

"앨빈(윤오)이 영어에 대한 두려움이 많이 없어졌나 봐! 내게 과자를 나눠주면서 말을 걸었어!"

그분들은 이렇게 아이들과 이야기하는 시간을 아끼지 않았다. 거실에서 아이들이 게임을 할 때면 뒤쪽 소파에 앉아 관중처럼 환호를 보내기도 하고 아쉬워하기도 했다. 그야말로 '놀아주기'가 아니라 '함께 놀기'였다. 뒤뜰에 있는 수영장에서는 아이들보다 더 열심히 놀았다. 아이들이 새로운 놀이 제안을 하면 "Sure! Of course!" 하며 흔쾌히 받아주었다. 아이들은 그런 데이비드를 좋아하고 잘 따랐다.

넬 아주머니는 조용하고 차분한 성격이었다. 언젠가 아이들이 수영시합을 하자니까 "난 수영을 잘 못하고 느려. 그래도 괜찮아?" 하고 답했다. 그래도 아이들이 함께하자고 열광하니 흔쾌히 수영시합에 응했다.

할머니 할아버지가 게임랜드에서 땀을 뻘뻘 흘리며 농구공을 던지거나 총을 쏘는 모습을 한국에서는 보기 힘들지만, 미국에선 자주 볼 수 있다. 그렇게 아이들과 함께 놀면서 대화하는 것을 최고, 최선의 교육으로 생각하고 실천하고 있다.

아이들은 마치 넬과 데이비드의 손주들처럼 잘 놀고, 함께 대화하면서 사랑을 듬뿍 받았다. 그렇게 하려면 에너지가 충분해야 하기 때문에 소식과 꾸준한 운동을 고집했다. 그래서 두 분은 전지훈련을 온 포커스 팀이 몽고메리에 머무는 8일 동안 세끼를 꼬박꼬박, 그것도 엄청난 양을 먹는 걸 보고 깜짝 놀랐다. 물론 미국인들과 다른 종류의 음식이긴 했지만 말이다.

두 분은 아침에는 요구르트나 샐러드, 점심은 아이들과 함께 패밀리 레스토랑이나 아이들이 원하는 패스트푸드점에 가고 저녁은 견과류나 말린 과일로 간단히 해결했다. 하루 한 끼만 우리 한국인의 한 끼처럼 먹는 셈이다. 그리고 꽤 긴 시간 동안 식사를 하면서 대화를 나누었다. 나이가 들어도 자녀, 손주와 함께하는 소소한 행복을 위해 작은 실천들을 즐겁게 했다.

라이딩을 나갈 때마다 자전거는 물론 헬멧과 신발, 유니폼까지 '오렌지 패밀리'의 트레이드마크인 오렌지색으로 통일했다. 특별한 모임이나 파티에도 오렌지색을 즐겨 입었다. 값비싼 것이 아니라 그날그날 의미 있고 자신들에게 특별한 것이 가장 좋은 것이라는 게 그분들의 이야기였다.

그날 하루 잘 놀기 위해 최선을 다해 준비하는 것도 사랑과 정성으로 느껴졌다. 아이들과 함께 '레이저 건'을 하기 위해 실내 게임장으로 갈 때는 아래위 모두 검은 의상에 검은 모자를 썼다. 그래야 총도 안 맞고 오래 살아남을 수 있다며, 아이들에게도 다음에는 모두 검은색으로 입고 오라고 팁을 주었다.

포커스 팀과 카누를 타러 가는 날은 물놀이용 신발이 있냐고 물어보고는 올드보이용 여섯 켤레와 꼬맹이용 여섯 켤레, 선생님들 신발까지 모두 사왔다. 물놀이용 신발이 있어야 안전하게 놀 수 있고, 카누에서 내려 어디든 갈 수 있다는 설명과 함께….

플로리다 여행 때는 비가 와서 바깥놀이를 못하게 될 경우를 대비해 실내에서 놀 바닷속 퍼즐과 드로잉 게임을 챙겨오셨다.

실제로 비가 온 날, 짜잔! 하고 아이들에게 퍼즐을 주니 뽀뽀 세 례가 쏟아졌다. 그리고 어두워지면 모래 속에서 하얀 게(크랩)들 이 해변으로 올라와 손으로도 잡을 수 있다며 손전등을 챙겨왔 다. 아이들과 함께 열심히 게를 잡는 모습은 아이들의 마음을 사 로잡기에 충분했다. 말 그대로 아이들에 대한 섬김이 몸에 배어 있는 분들이었다.

우리는 사흘에 한 번씩 오렌지 가족과 함께 셸터(shulter)라는 유기견 보호소에 갔다. 오렌지 부부가 정기적으로 후원하는 곳 인데, 자녀나 손주들이 오면 항상 그곳을 찾아 동물들 산책도 시 키고 안아주고 놀아주고 오곤 했다. 집에 같이 살고 있는 고양이 두 마리도 주인이 사망하면서 갈 곳이 없어 오렌지 아저씨 집으 로 오게 되었단다.

개를 무서워하던 아이도 셸터에서 커다란 개와 작은 강아지, 큰 고양이, 아기고양이 등을 만나면서 동물과 친숙해졌다. 나와 서원이도 개를 무서워했는데, 셸터에 따라다니면서 두려움이 절 로 사라지게 되었다.

또한 그분들은 생활은 검소하게 하면서 꾸준히 기부를 했다. 쇼핑몰에서 대박 세일을 하는 날이면 우리를 일부러 데려가 주기도 했고, 요금을 할인해주는 요일에 맞춰 영화를 보러 가기도 했다. 영화를 보러 갈 때는 미리 젤리 숍에 들러 주머니에 젤리를 가득 채워주었다. 그리고 두 분이 연애 시절에 쓰던 캠핑용품을 그때까지 잘 보관해두었다가 우리와 여행할 때 사용하기도 했다. 여전히 튼튼하고 실용적이었다. 두 분은 "앞으로 너희에게 물려줄게" 하며 자랑스러워했다.

– 진정한 미국 문화 체험

그들은 몽고메리에 하나밖에 없는 동물원에도 기부를 하고 있었다. 그래서 입장료를 줄이려면 미리 캠프 방문 계획서를 만들어 제출하라고 하기도 하고, 기념품을 끼워 달라고 흥정을 하기도 했다. 두 분 덕분에 성공한 부자들의 습관을 바로 옆에서 경험할 수 있었다. 언젠가 미국인들의 전통 아침식사를 먹어봐야 한다며 오래된 레스토랑에 나를 데려가기도 했다.

"팬케이크와 스크램블드에그, 커피!"

포크송이 흘러나오고, 백인 어르신들이 아침식사를 여유롭게 즐기는 고즈넉한 통나무 레스토랑이었다. 늘 받기만 해서 미안해하는 내게 "여기는 미국이고 너는 우리 손님이야. 우리가 대접하도록 해줘"라며 먼저 계산하려는 나를 진정시켰다.

그분들은 "도은, 너는 정말 훌륭하고 용감한 엄마이자 지혜로운 선생님이야. 우리는 네가 정말 자랑스럽다"라고 하며 나를 수시로 북돋아 주었다. 서두르거나 연연해하는 것을 경계하고, 늘 여유로웠다. 그분들과 함께하면서 얻은 가장 큰 배움은 삶에 대한 것이었다. 매 순간을 무겁지 않게 즐겁게 살아갈 것, 작은 것에 감사하고 주어진 것을 소중하게 여길 것. 그들은 아이들을 데리고 긴 여정을 소화하고 있는 내 마음을 든든하게 지켜주는 버팀목 같았다.

때로는 그분들의 조언이 현실적인 감각을 깨워주기도 했다.

"도은, 은퇴는 가능한 한 빨리 하도록 해."

"저는 쉰 살 때부터 돈을 벌려고 했는데, 지금부터 열심히 벌까요?"

"시간과 노동으로 벌기도 하고, 돈이 일하도록 해서 벌기도 해야지. 경험을 사고 있는 너의 투자방식은 아주 좋아. 그 경험이 빨리 은퇴할 수 있도록 지혜를 줄 거야."

언제 돈을 모을 것인지, 학원도 안 보낸다니 애 공부는 제대로 시키는지, 살림하는 여자가 나다니면서 살림은 제대로 하는지 늘 걱정하시는 시부모님의 염려를 잊게 하는 격려의 말씀이었다. 덕분에 나는 새로운 각오를 다질 수 있었다. 그동안 나는 사업을 하면서 이윤을 창출하는 것보다 내가 성장하고, 가치를 실현하는 것에 더 무게를 두고 있었다. 오렌지 부부의 격려 덕분에 나는 그동안의 활동을 좀 더 경제적인 측면에서 들여다보게 되었다. 그리고 절약과 투자에 대한 나의 인식도 바뀌었다.

우리가 한국으로 돌아온 지 몇 달 후에 데이비드의 어머니인 아이나 할머니가 세상을 떠났다. 할머니 역시 크게 성공한 유대인 가정의 딸로서 네 아들이 모두 성공할 수 있도록 기른 분이다. 그분도 늘 아이들이나 내게 칭찬을 아끼지 않으셨다.

오렌지 가족들은 아이나 할머니의 죽음을 슬퍼하는 내게 "도은! 오렌지 가족의 한 명은 떠났지만 다른 한 명이 찾아왔어" 하며 둘째 딸 바니의 출산 소식을 전해주었다. 내가 위로를 해야하는데 오히려 위로를 받게 된 셈이었다.

우리가 만난 지구촌 사람들

'지구 한 바퀴'를 하면서 많은 곳을 여행했다. 나도 아이도 가장 많이 받는 질문이 "어디가 제일 좋았어요? 어느 나라를 추천해요?" 하는 것이다. 하지만 우리는 알고 있다. 어디에 있느냐가 아니라 누구와 함께 떠나느냐가 더 큰 의미를 지닌다는 것을!

특히 두 번째 미국 여행이 의미 있고 좋았던 것은 미국인들과 가족처럼 여행을 한 것이었다. 그 이전에는 어떤 여행지를 가든 우리는 여행객일 수밖에 없었다. 2017년에 인연을 맺은 오렌지 가족과 그 친구인 '한' 할머니, 한국에서 인연을 맺어 미국으로 돌아간 레이첼 가족, 바이크 팀의 친구들, 바이크 친구 댄의 여동생인 엘렌 가족…. 그렇게 이어지는 인연이 얼마나 귀하고 소중한지, 타국에서 나를 도와줄 친구가 있다는 사실이 얼마나 큰 도움이고 행운인지 알게 해준 여행이었다.

– 온기가 가득했던 플로리다의 시간

가장 큰 도전이었던 철인3종 경기까지 마친 다음 우리는 오렌지 가족과 한 할머니와 함께 플로리다로 여행을 떠났다. 일흔여섯 살의 한국인 할머니 '한'은 평양에서 태어나 자란 북한 출신이다. 남북무역을 하던 아버지를 따라 남한으로 내려왔다가 한국전쟁이 일어나면서 북한으로 돌아가지 못했다. 아버지가 돌아가신 후 미군부대에서 일하다가 미군과 결혼해서 미국으로 왔다. 지난 60년 동안 한국에는 한 번도 가보지 못했다.

총명하고 따뜻한 분이라, 우리 아이들에게 정말 좋은 할머니가 되어주었다. 슬하에 자녀는 없었지만 누구보다 아이들을 사랑하고, 늘 지혜롭고 좋은 말씀을 해주었다. 아이들은 유독 한 할머니를 좋아하고 항상 할머니를 챙겼다. 놀다가 쪼르르 달려가 꼭 안아드리기도 하고, 맛있는 간식을 먹을 때면 할머니 입에 먼저 넣어드렸다.

플로리다는 밀가루처럼 고운 모래 해변이 100마일이 넘게 펼쳐진 곳이다. 우리는 데이비드와 넬의 도움으로 값은 다소 비쌌지만 여행객이 몰려드는 혼잡한 해변이 아닌, 조용하고 아이들이 놀기 좋은 곳에서 묵었다. 숙제도 없고 미션도 없었다. 아이들은 눈만 뜨면 해변으로 나갔다. 밤에는 모래 속에 숨어 있는 하얀 크랩을 잡으며 바다 아이들이 되어갔다. 한 할머니는 파라솔에 앉은 채 아이들이 노는 모습을 지켜봤다. 시야에서 벗어난 아이가 있으면 찾아주고, 맛있는 밥도 준비해주었다.

아이들은 신나게 놀다 들어와 할머니가 준비한 맛있는 밥을 먹었다. 평소보다 어마어마하게 많은 양을 먹어치우는 아이들을 지켜보는 것만으로도 할머니는 행복해했다. 플로리다를 여행하면서 한 할머니는 한국에 대한 그리움을 달랬고, 아이들은 부모님의 보살핌과 포근함을 할머니를 통해 메웠다. 일흔다섯 살 할머니와 열세 살 아이들의 우정이 빛나는 여행이었다.

- '베이비 도은'

플로리다 여행에는 미니버스와 픽업트럭이 동원되었다. 픽업트럭에는 텐덤 바이크와 나의 사이클 그리고 아이들이 해변에서 놀 도구와 의자 등 엄청난 짐이 실려 있었다. 아이들 장난감도 중요하지만, 내 자전거도 중요했다. 그리고 단돈 5달러를 주고 산, 30년이 넘은 캠핑 의자가 그렇게 튼튼하게 제 역할을 할 줄이야!

길 위에서 자라는 아이들

한 할머니와 데이비드, 넬에게는 나나 선생님들도 모두 'my baby'였다. 특히 데이비드 아저씨와 넬 아주머니는 새벽마다 나를 위해 플로리다 해변의 다양한 코스를 함께 라이딩했다. 그들은 항상 "도은, 네가 행복해야 아이들도 행복하게 해줄 수 있어. 네가 원하는 것을 우리에게 말해"라고 해주었다.

첫날, 100마일을 타고 복귀했더니 어느새 일어난 아이들이 해변으로 나가자고 재촉했다. 데이비드와 넬은 우리가 늦게 도착해서 아이들이 오래 기다린 듯하다면서 "내일은 30분 일찍 출발하는 게 어떨까?" 하고 물었다. 그러면 우리도 사이클을 타고 싶은 만큼 타고, 아이들도 우리를 기다릴 필요가 없지 않겠느냐는 말이었다.

다음날은 여전히 깜깜한 새벽 4시에 일어나 4시 반에 라이딩을 시작했다. 덕분에 플로리다 해변에 해가 떠오르며 붉어지는 하늘을 볼 수 있었다. 사이클을 타는 내내 데이비드 아저씨는 내게 이런저런 설명을 해주었고, 아주머니는 뒷자리에서 페달을 돌리며 사진을 찍어주었다. "도은 이쪽으로 봐! 손을 흔들어봐!" 하시면서.

데이비드와 넬이 오로지 나를 위해 마련한 시간이었다. 넘치는 사랑에 가슴이 저릿했다. 우리가 한국으로 돌아가기 전날, 그들은 선애 샘에게도 친절한 가이드를 해주었다. 항상 아이들을 돌보다가 돌봄을 받으니 한없이 충만해졌다. 그렇게 '베이비 도은'은 플로리다 여행으로 얻은 사랑과 감동으로 동부 일주 강행군을 거뜬히 해낼 수 있었다.

떠나자~ 플로리다로!

이수민

우리는 철인3종을 마친 뒤 플로리다에서 3박 4일을 보내기로 했다. 데이비드, 넬, 앨리아, 올리비아 그리고 한 할머니와 함께 플로리다로 떠났다.

옷, 수건 수영복을 가방에 챙기고 차에 탔다. 가방 때문에 불편했는데 가방을 아래에 놓고 발을 올리니 아주 편안했다.

타코에서 점심을 먹고 서원이와 한참 놀다 잠이 들었다 깨니 플로리다에 도착해 있었다. 플로리다 바닷가는 하얀색 모래다. 엄청 예뻤다. 해변을 산책하려고 했는데 갑자기 물놀이로 일정이 바뀌었다. 그게 더 재미있었다. 하루 종일 보트도 타고 튜브도 타고 물놀이를 원 없이 했다. 파도가 높아서 더 재미있었다. 친구들과 함께하는 모래성 만들기도 재미가 쏠쏠했다.

저녁에는 숙소에서 보드게임을 하고 놀았다. 밤에는 오렌지 가족과 함께 손전등을 들고 해변에 가서 꽃게를 잡았다. 꽃게도 하얀

색이었다.

몽고메리로 돌아오는 차 안에서 친구들과 여러 가지 이야기를 나눴다. 그리고 달러트리에서 쇼핑을 했다. 몽고메리로 돌아오자마자 임수빈 집에 초대를 받아 삼겹살 파티를 했다. 정말 맛있었다. 하지만 여행을 마치고 집에 돌아왔을 때 우리를 기다리고 있는 숙제는 이날의 대반전이었다.

– 세계에서 가장 높고 가장 빠른 롤러코스터

선애 샘이 동부 일주에서 아이들을 인솔하기 위해 몽고메리로 왔다. 남은 이틀 동안 공연도 하고 몽고메리 가족들과 굿바이 파티도 했다. 그리고 한 달간 정들었던 집을 떠나 보름간의 여행길에 오를 준비를 했다.

캐리어와 자전거 가방까지 모두 싣고 다니자니 좌석도 불편하고, 숙소를 옮길 때마다 번거롭고 고생스러울 것 같아 짐을 애틀랜타 공항에서 가까운 스토리지(storage)에 보름간 맡기기로 했다. 그런데 조건이나 시간상 우리 짐을 맡길 만한 공간을 확보하는 게 쉽지 않았다. 여기저기 수소문하던 중 구세주가 나타났다. 넬 아주머니가 짐을 자기 집에 두고 가면 우리가 여행을 마치고 공항으로 가는 날 공항까지 실어다 주겠다는 것이었다. 번거롭고 힘든 일이라 알아서 해결해보겠다고 했지만 아주머니는 "도은, 넌 우리 가족이나 다름없어. 가족을 위해서라면 그 정도는 충분히 할 수 있어" 하며 뜻을 굽히지 않았다. 덕분에 우리는 여행에 꼭 필요한 각자의 짐만 챙겨 가볍게 떠날 수 있었다.

오렌지 가족도 큰딸 레이첼이 사는 노스캐롤라이나까지 동행하기로 하고 함께 떠났다. 저녁에는 사위의 아이스하키 경기를 보고, 넬이 미리 예약한 놀이공원 정문 앞 호텔에서 묵었다. 다음날은 놀이공원을 갔다. 오렌지 가족에게는 3대째 내려오는 놀이공원 필수 수칙이 있다. 데이비드 아저씨가 네 딸을 키우면서 만든 건데, 손녀들에게도 이어졌고 우리 코리안 갱에게도 이어졌다.

- 놀이공원은 1등으로 입장해서 마지막으로 퇴장할 것
- 재미있는 놀이기구는 두 번씩 탈 것
- 최선을 다해 열심히 놀 것

데이비드 아저씨가 앞장을 섰다. 우리는 이른 새벽에 일어나 아침식사를 마치고 놀이공원에 1등으로 입장했다. 캐로윈즈는 노스캐롤라이나와 사우스캐롤라이나의 경계선에 있는 곳으로 다양한 높이와 속도의 롤러코스터들이 있다. 나와 서원이는 놀이 기구를 타면 컨디션이 급격히 나빠져 곁에서 구경만 하거나 어린이용 놀이기구를 타러 다녔다. 선애 샘과 나머지 아이들은 데이비드 아저씨와 손녀들과 짝을 지어 여러 가지 롤러코스터를 탔다. 넬과 레이첼은 뭔가 대단한 일이라도 하는 듯 박수를 치고 응원을 하면서 사진도 찍어주었다. 틈틈이 "Good job! Nice!" 감탄사와 함께 아이들의 기분을 묻고 칭찬을 아끼지 않았다. 그냥 걸어 다니기도 힘들 텐데, 참 대단한 분들이었다.

그들은 각자의 역할이 잘 나누어져 있었고, 나름대로 즐겼다. 데이비드 아저씨는 롤러코스터를 못 타는 나와 서원, 민정에게 세계에서 가장 높고 빠른 '퓨리'라는 롤러코스터를 소개했다. 그리고 "이거 하나면 다른 롤러코스터 다 타본 것이나 같아! 한번 타봐~ You can do it!" 하며 적극 권유했다. 똘똘한 서원이는 이미 타본 친구들에게 얼마나 무서운지, 탈 만한지, 어떤 느낌인지 묻고 나서 아저씨에게 다짐을 받았다.

"정말 이걸 타면 전 세계에서 가장 무서운 롤러코스터를 타본 게 확실하죠?"

서원이는 그렇게 '퓨리' 탑승을 결정했다. 나도 '딱 한 번'이라는 아저씨의 권유에 "I can do it!" 하며 올라탔다.

사실 서원이한테 늘 "해보지도 않고 싫다고 하지 마라. 일단 딱 한 번 해봐" 하고 권유해 왔던 터라 눈치를 보며 동참한 것이었다.

가장 높은 곳을 향해 열차가 꾸역꾸역 올라갈 땐 긴장감에 심장이 터질 듯하고 다리가 덜덜 떨리더니, 가장 높은 곳에서 떨어져 캐로윈즈 하늘 위를 미친 듯이 회전하며 달릴 때는 속도감과 짜릿함에 비명을 질러대면서도 몸과 마음이 한없이 가벼워지는 듯했다.

퓨리에서 내리자 마치 경사라도 난 듯 모두가 박수를 치고 축하해주었다. 서원이가 타는 걸 본 민정이도 도전에 나섰고, 서원이도 한 번 더 타러 가고, 데이비드 아저씨와 다른 친구들도 또 달려갔다. 우리는 그렇게 롤러코스터에 대한 막연한 두려움을 정복했다.

놀이공원을 나올 때 데이비드 아저씨는 우리가 탔던 롤러코스터를 가리키며 그 움직임에 대해 설명했다. 아이들도 한껏 흥분한 채 이야기를 나누었다. 데이비드 아저씨와 그 가족을 통해 아이들은 내가 줄 수 없는 새로운 것을 얻었다. 막연한 두려움을 극복하는 유일한 길은 도전이라는 진리였다. 여행은 또 다른 자신을 만날 기회를 주고, 가보지 못한 세상에 적응하도록 만들어준다.

오렌지 가족은 놀이공원 앞 호텔에서 1박을 더 한 다음 몽고메리로 돌아가기로 하고, 우리는 늦은 밤 버지니아로 떠났다. 버지

길 위에서 자라는 아이들

니아에 있는 친구가 하루라도 빨리 우리를 만나고 싶다며 재촉을 했던 터라 피곤함을 무릅쓰고 밤길을 달렸다. 놀이동산에서 에너지를 모두 뽑아 쓴 아이들은 신나게 노래 부르며 춤추고 쿵덕거렸던 어제와 달리 각자의 뿌듯함을 안은 채 깊은 잠에 빠져들었다.

세계에서 가장 무서운 롤러코스터, 퓨리

서현주

캐로윈즈에 들어가니 세계에서 가장 빠른 롤러코스터라는 퓨리가 보였다. 한눈에 봐도 굉장히 빠른 데다 거의 80도 정도로 낙하하는 구간도 있었다. 정말 무서워 보였다.

대관람차 느낌이 나는 전망대에 올랐다가 내려와 누워서 가는 노란색 롤러코스터를 탔다. 서현주, 김윤오, 박선애 선생님, 엘리아와 엘리아 엄마, 이영웅 선생님이 함께 탔다. 김윤오는 오르막길에서 괴성을 내질렀다. 시끄러웠다. 회전하는 구간이 많아서 재미있었다. 다음에는 빨간색의 웨이브가 많은 롤러코스터를 타러 갔다. 이번에는 데이비드도 함께 탔다.

빨간색 롤러코스터는 격한 회전은 없었지만 웨이브가 많아서 위로 올라갈 때마다 몸이 붕 뜨는 것이 기분이 좋았다. 다 타고 내려와 보니 다른 일행들은 어린이용 롤러코스터를 타고 있었다. 다음에는 바이킹을 타러 갔다. 이번에는 데이비드가 빠지고 이수민이 같이 탔다. 360도로 돌아가는 바이킹이었는데, 막상 위에 떠 있으니 아무렇지도 않았다.

이어서 범퍼카도 타고, 코브라라는 롤러코스터도 탔다. 뒤로 갔다가 앞으로 가는 형식이었는데 약간 멀미가 났다. 그리고 다른 놀이기구를 한두 개쯤 타다가 일행들을 다시 만나서 치킨너겟을 먹고 차에 가서 수영복을 들고 왔다. 화장실에서 수영복을 갈아입고 수영장에 갔다. 수영장에는 큰 파도 풀이 두 개 있었고 캡슐워터슬라이드와 다른 워터슬라이드도 몇 종류 있었다.

파도풀 주변에 짐을 풀고 캡슐워터슬라이드를 타러 갔다. 김윤오, 서현주, 우서원, 이수민, 이영웅 선생님이랑 같이 갔는데, 중간에 우서원이랑 이수민은 무서워서 밑에 있던 튜브워터슬라이드를 타러 갔고 김윤오, 서현주, 이영웅 선생님은 그대로 올라갔다. 김윤오는 자기 순서가 가까워지자 그만 내려가겠다고 했는데 이영웅 선생님이 막았다. 김윤오는 짜증을 냈지만 이영웅 선생님이 계속 막아서 결국 김윤오도 캡슐워터슬라이드를 탔다. 김윤오는 엄청난 비명을 질렀다. 김윤오의 비명 때문에 겁을 먹었는데 생각처럼 무섭지는 않았다. 조금 더 놀다가 폐장시간이 되어서 나왔다.

길 위에서 자라는 아이들

그리고 퓨리를 타러 갔다. 퓨리를 탄 사람은 김윤오, 서현주, 이수민, 박도은 선생님, 엘리아, 이영웅 선생님, 우서원이었다. 우서원은 고민하다가 마지막에 들어왔다. 퓨리는 진짜 빨랐다. 너무 빨라서 목이 아팠다. 그리고 김민정도 두 번째 탈 때 들어와서 같이 탔다. 결국 이준호만 타지 않았다. 아쉬웠다. 이준호도 한 번만 타 보았으면!

정말 재미있었다.

– 버지니아의 일곱 살짜리 선생님 엘리아나

버지니아 노퍽에 사는 친구 레이첼의 집에 도착했을 때는 이미 늦은 밤이었다. 레이첼은 잠결에 나와 우리를 반겨주었다. 장시간 이동으로 피곤했던 우리는 간단하게 짐을 정리하고 잠자리에 들었다. 운전을 도맡았던 나는 물론 밤새 옆을 지켜주었던 선애 샘도 깊은 잠에 들었다. 그간 느껴보지 못했던 편안함이었다. 레이첼의 집은 엘리아나의 할머니와 할아버지가 정성껏 관리해온 덕에 구석구석 사랑과 정성이 가득한 스위트홈이었다.

우리는 카랑카랑하게 웃고 떠드는 엘리아나의 목소리를 듣고 잠에서 깨어 하루를 시작했다. 한국 친구들을 기다리다 지쳐 잠들었다는 엘리아나는 마치 담임 선생님처럼 아이들의 이름과 나이 등을 물어보며 흥분을 감추지 못했다. 그러고는 우리 아이들을 따라다니며 자리에 앉을 때는 허리를 곧게 펴라, 간식은 식탁에 앉아서 먹어라, 대답은 씩씩하게 또박또박 해라 등을 일러주었다.

우리 아이들은 엘리아나의 활기차고 포스 있는 모습에 자신도 모르게 따르고 있었다. 무남독녀인 엘리아나는 그 집의 활력이자 기쁨이었다. 그냥 보고만 있어도 기운찬 에너지가 전달되고 얼굴에 미소가 번지는 아이였다. 엘리아나의 또롱또롱한 기도와 함께 식사를 시작하는 걸 보고 아이들은 그 이후 엘리아나를 흉내내며 식사기도를 하기도 했다.

"Thank you for delicious food~. Thank you teacher."

그러고는 무슨 식사 암호처럼 다 함께 "에이맨"을 외쳤다. 엘리아나의 기도 모습이 어느새 우리 뇌리 속에 깊이 박힌 것 같았다. 어쨌든 '감사'는 좋은 것이 아닌가!

레이첼과 인연이 된 지 어느새 6년. 처음 그녀를 알게 된 것은 한국에서 영어 강사를 하던 레이첼과 남편인 칩과 함께 일을 하게 되면서다. 엘리아나는 그때 태어났다. 그런데 어느새 일곱 살짜리 꼬마 선생님이 되어 열세 살 아이들을 지도하고 가르치고 챙길 정도가 되었다.

우리 아이들은 칩 덕분에 마치 미국 아이들처럼 지냈다. 자동차 경주장에서 늦은 밤까지 다양한 코스의 레이스카를 타며 스피드를 즐겼고, 빛이 들어오지 않는 벙커 같은 전쟁터 속으로 들어가 레이저 건을 원 없이 쏘아보았다. 바다로 연결되는 집 앞의 호수에서는 패들보트를 타기도 했다. 볼링장에서 레이첼의 깜짝 생일파티를 열었고, 버지니아 역사박물관과 해바라기 농원에서는 전통공연도 했다.

여름의 열기만큼 엘리아나를 향한 아이들의 정도 뜨거웠다. 언니·오빠에게 한껏 친근감을 표현하는 엘리아나의 밝고 건강한 미소는 아이들을 사로잡았다.

레이첼의 집에서 충분한 휴식을 취하며 몸과 마음을 충전했다. 지구 반 바퀴를 돌아 친구네 집에 놀러와서 그들과 함께하다니! 말 그대로 지구촌 생활이었다. "내년에 한국에서 만나~" 하는 작별인사만 봐도 10년 전 지구 한 바퀴를 시작할 때와는 많이 달라졌다. 울산과 서울이 1일생활권으로 좁혀진 것처럼 머지않아 온 지구가 하나의 마을처럼 가깝게 될 것이다.

– 지적인 도시 워싱턴에서 만난 엘렌 할머니

워싱턴에 도착했을 때는 뜨거운 햇살이 슬쩍 물러나고 있었다. 아이들은 근사한 숙소를 만끽해 보기도 전에 모두 헬멧을 챙겨 밖으로 나갔다. 워싱턴은 자전거길과 무인 바이크 서비스 시스템이 잘 갖추어져 있어 자전거로 이동하기에 좋았다. 숙소 가까이 있는 무인 거치대에서 마음에 드는 자전거를 하나씩 골라 2km가량 떨어진 내셔널 몰까지 달렸다. 벌써 어둑해지고 있어 안전 때문에 심장이 쫄깃해지기도 했지만, 좋아하는 아이들을 보니 열심히 쫓아다니는 수밖에 없었다. 문득 벨기에 브뤼셀에서 야밤에 자전거를 타고 이동하면서 신나하던 어린 서원이의 모습이 떠올랐다. 잘 정돈된 자전거길처럼 사람도 차도 자전거에 대한 배려가 좋았다.

다음 날 이른 아침, 몽고메리 바이크 클럽의 일흔한 살짜리 친구 댄의 여동생 엘렌이 아이들 가이드를 해주기로 했다. 나는 전화번호와 이름만 들고 분주한 출근길의 국회도서관 지하철역으로 엘렌과 루셀을 만나러 갔다.

내가 가본 미국 도시 중 가장 마음에 든 곳이 워싱턴이었다. 다른 무엇보다 박물관이 줄지어 있고, 어디든 자전거로 이동할 수 있어 특히 마음에 들었다. 한때 미국 정부에서 일했던 엘렌 덕분에 좀 더 가까이서 미국의 행정 시스템을 볼 수 있었다. 엘렌이 안내해준 국회도서관은 규모가 어마어마했다. 매일 한 시간씩 책읽기 미션으로 독서 습관을 잡아가는 일상도 중요했지만, 거대한 도서관을 찾아 지적 홍수에 풍덩 빠져보는 경험 또한 특별했다. 특히 동네 도서관에서는 미처 경험해보지 못했을 엄청난 지식공간을 직접

길 위에서 자라는 아이들

보고 느낄 수 있는 기회였다.

문득 영어에 대한 절박함이 다시 한번 올라왔다. '도서관에 놓인 모든 책의 매뉴얼 챕터만이라도 읽어내고 싶다' 하는 바람 때문이었다.

미리 예약한 투어 시간에 맞춰 미국 역사 관련 영상을 시청하고 국회의사당 내부를 견학했다. 크고 웅장한 규모와 엄청난 인파에 입이 쩍 벌어졌다. 하나라도 더 알려주고 싶어했던 엘렌은 열심히 설명하면서 아이들이 활동 코너에 참여할 수 있도록 해주었다.

내셔널 몰을 중심으로 줄지어 선 박물관과 워싱턴기념탑, 링컨기념관이 한눈에 들어오는 국회의사당 앞에서 공연을 했다. 엘렌과 러셀에게 우리 공연을 보여준 것만으로도 충분히 역할을 한 듯 뿌듯했다.(더위를 참지 못한 아이들 몇 명이 감정적으로 대했던 것은 비밀^^;)

엘렌은 에어컨이 빵빵한 갤러리를 통해 더위에 지친 아이들을 오래된 옛 우체국 타워로 안내했다. 아이들에게는 다소 무리가 아닐까 생각했지만, 함께했던 두 할머니와 할아버지가 거뜬하게 다니는 걸 보고 아이들을 다독거리며 열심히 쫓아다녔다.

트럼프 타워는 지금은 호텔이지만 예전에는 사무실로 많이 활용되었다고 한다. 워싱턴에서 오래 근무한 베테랑 두 분이 꼼꼼하게 하나하나 안내를 해주었다. 우리는 우체국 타워 꼭대기로 올라가 도시계획에 따라 방사형으로 지어진 워싱턴을 내려다보았다.

– 미국 방송과의 인터뷰

즐거운 여행을 위해서는 충분한 먹거리와 여분의 체력은 필수다. 간단한 스낵으로 때운 미국 스타일의 점심 때문에 금세 허기가 질 때, 체력도 떨어지고 흥미도 떨어질 때쯤 텔레비전에서만 보던 백악관에 가서 역대 미국 대통령들의 사진과 생활 흔적들을 찾아보는 경험은 지친 아이들의 시선을 사로잡기에 딱 좋았다. 뜨거운 햇살 아래 땀을 삐질삐질 흘리면서도 "Thank you. Good bye, see you tomorrow~" 인사를 나누고 첫날 견학을 마무리했다.

두 번째 날은 숙소 가까이 있는 박물관에서 엘렌을 만났다. 박물관에서는 다양한 부스를 만들어 아이들이 좋아할 만한 행사를 한시적으로 하고 있었다. 이른 아침부터 젊은 엄마들이 아이들의 손을 붙들고 줄을 서 있었다. 여행객보다는 현지인이 많다고 했다. 관람객들이 입장한 뒤 우리는 박물관 로비에 자리를 잡고 공연을 했다. 내부라 그런지 음악소리도 잘 들리고 어제의 야외 공연보다 더 아이들과 엄마들의 반응이 좋았다. 우리 아이들의 기분도 덩달아 '업'되었다.

다양한 볼거리와 놀거리 덕분에 아이들은 신이 났다. 특히 실내라 덥지도 않고 쾌적해서 더더욱 좋아했다. 〈워싱턴 저널〉에서 행사 홍보를 위해 여러 아이들과 인터뷰를 했는데, 우리 아이들 가운데 몇 명도 엘렌의 주선으로 인터뷰 기회를 얻었다. 잘생긴 진행자가 아이들 눈높이에 맞는 작은 의자에 앉아 즐겁고 편안하게 질문을 하니 아이들도 긴장하지 않고 웃으면서 주고받고 열심히 이야기를 나누었다. 마음이 뿌듯했다. 아이들이 어떤 대화를 나누는지 잘 들리지 않았지만, 그건 중요하지 않았다. 방송국 스태프들이 인터뷰 관련 보호자 동의서를 받아갔다. 인터뷰가 끝난 뒤 달려가 물었다.

"뭐라 했어? 무슨 내용이야?"

"몰라~. 혼자 얘기하고 막 웃어. 그래서 나도 막 웃었어."

친구들의 새로운 경험은 다른 친구들에게 "나도 영어를 좀 더 잘해야지" 하는 동기부여로 마무리되었다. 거대한 항공박물관으로 가서 몇 가지 체험을 하고 나니 저녁이 되었다. 엘렌은 추가 요금이 들더라도 아이들이 남김없이 체험을 하도록 했다.

"도은, 보는 것보다 직접 해보는 게 좋아! 내가 보태줄게. 아이들 우주선 태워주자."

교육열이 높은 할머니 덕분에 아이들은 신이 났다. 그리고 직접 해보면서 더 많이 행복해하고 더 잘 기억했다. 마치 우리 동네 박물관에 온 듯 자유롭고 여유롭게 두 개의 박물관을 둘러본

데 대해 아이들도 우리도 충분히 만족했다.

워싱턴 여행의 최고봉은 박물관이다. 처음 프로그램을 기획할 때는 박물관을 모두 가고 싶은 욕심에 5일 일정을 잡았지만, 결론은 5일도 짧았다. 책을 좋아하는 한 아이가 얘기했다.

"선생님, 미국에서 살게 된다면 워싱턴이 제일 좋을 것 같아요. 학교 마치고 여기 와서 놀고, 주말마다 박물관에 가고, 우주선도 타고."

여행의 가장 높은 가치는 '새로운 꿈'을 얻는 것이다. 나는 새로운 나라, 새로운 도시에 갈 때마다 상상하지 못했던 새로운 꿈을 꾸었다. 그리고 늘 그 꿈을 위한 새로운 도전들이 기다리고 있었다.

저녁에는 엘렌이 미국식 전통 바비큐 식사에 우리를 초대했다. 아이들에게 미국을 온전히 체험시켜 주고자 하는 그녀의 정성이 담긴 저녁 파티였다. 며칠 동안 장을 보고, 이웃에서 신선한 재료를 구해놓은 덕분에 우리는 와인과 비스킷, 치즈, 신선한 채소, 방금 구운 치킨 바비큐와 옥수수까지 즐길 수 있었다.

"Everybody wash your hands! Set the table!"

카리스마 넘치는 엘렌 할머니의 한마디에 아이들이 잘 훈련된 군인처럼 착착 일사불란하게 움직이는 것을 보니 신기하고 웃음이 났다. 식사 후에는 엘렌 할머니가 준비한 게임을 했다. 조금 복잡한 게임이었지만 할머니의 설명에 귀를 쫑긋해서 듣고, 몇 번의 질문이 오간 뒤에 즐겁게 놀았다. 그리고 할머니가 DSLR 카메라로 담은 우리 모습을 함께 보며 남은 시간을 보냈다. 아이들에게 파티 매너와 미국 가정 방문 에티켓 등을 알려줄 수 있었던 시간이었다.

가는 곳마다, 순간순간마다 기대한 것 이상으로 잘 배우고 익히는 아이들이 대견하고 자랑스러웠다. 그리고 선애 샘이 궁금해 했던 워싱턴의 에너지 절약과 환경보호 정책 등에 대해서도 들을 수 있었다. 할머니의 설명이 얼마나 알차고 좋았던지 아이들은 "영어 공부 좀 더 열심히 해야겠어. 영어를 몰라서 더 못 물어보는 게 아쉽네" 하며 안타까워했다.

낯선 한국인들을 사랑과 정성으로 맞아준 엘렌 부부에 대한 감사로 가슴이 꽉 찬 워싱턴의 밤이 깊어갔다.

"선생님, 우리 진짜 미국에 잘 온 거 같아요."

"그러게! 정말 출세했어!"

주고받은 몇 마디에 워싱턴 여행에 대한 마음이 고스란히 담겼다. 지적인 도시 워싱턴에서 만난 지적인 할머니 엘렌은 워싱턴에 꼭 다시 오고 싶도록 우리를 사로잡기에 충분했다.

워싱턴 이야기

서현주

기대하고 있었던 워싱턴! 엘렌이 가이드를 해줬다. 우린 엄청 많은 장소를 갔다. 국회의사당, 펀하우스(Fun house), 자연사박물관, 한국전쟁기념비, 워싱턴탑, 나사 항공우주박물관, 백악관까지…. 3박 4일인가 있었는데, 하루하루가 알차고 즐거웠다. 우리는 방문했던 거의 모든 곳에서 기공을 했다. 미국인들에게 우리의 문화를 알리는 게 좋았다. 숙소 또한 굉장했다. 콘도의 일종인 것 같은데, 거의 호텔급이었다.

워싱턴은 (한국에 비하면 아무것도 아니겠지만) 많이 더웠다. 게다가 우리는 꽤 많이 걸었다. 그러니 짜증이 날 수밖에. 하지만 엘렌이 열심히 가이드를 해주고 집에도 초대를 해줘서 정말 감사했다.

국회의사당 안은 굉장히 넓고 쾌적했다. 사람들도 제법 있었다. 거의 박물관처럼 예뻤다. 펀 하우스는 신기하고 재미있는 게 많았다. 볼풀도 있고 구슬이 다양한 통로로 가는 것도 있고 건축물 관련 코너 같은 것도 있었다. 볼풀에서 놀다가 이수민의 안경 한 알이 없어졌는데, 결국 찾지 못했다.

김민정과 우서원이 인터뷰를 했다. 전에 미국 정부에서 근무했던 엘렌이 부탁한 덕분이다. 영어로 쌀라쌀라 해서 잘은 못 알아들었다.

영어공부가 꼭 필요하구나 하는 생각이 들었다. 자연사박 물관은 큰 모형 등이 있어서 신기했는데, 조금만 머물러서 아쉬웠다. 워싱턴탑 앞에서 사진을 찍었다. 솔직히 말하면 난 더 찍고 싶었는데 다들 인상 쓰고 귀찮으니까 빨리 가자라는 느낌이라서 조금만 찍고 잔디밭에 가서 기공을 했다. 그게 아쉽다.

항공우주박물관은 커다랗고 신기한 비행기와 우주선이 있어서 멋져 보였다. 제트기 조종 놀이기구 비슷한 게 재미있었고, 건조 아이스크림 같은 게 신기해 보였다. TV에서만 보던 백악관을 실제로 보니까 정말 정말 정말 뉴스를 보는 느낌이었다. 거리도 예쁘고 좋았다.

맨해튼을 걷는 아이들

워싱턴 여행 마무리는 쉽지 않았다. 가보고 싶은 곳이 많이 남았고, 아이들도 선생님들도 내셔널 몰 양쪽에 줄지어 선 박물관들의 손짓을 외면하기 어려웠다. 아쉬움을 달래며 늦은 오후가 되어서야 뉴욕으로 출발할 수 있었다. 미국 지도를 보면 워싱턴과 뉴욕이 붙어 있어 한두 시간이면 도착할 수 있을 것 같지만 실제로는 다섯 시간을 꼬박 운전해야 한다.

전 세계에서 내가 가본 곳 중 '혼잡 1위'는 단연 맨해튼의 밤거리다. 도로 대부분이 일방통행이고, 신호를 무시하고 차도로 걷는 뉴요커들도 많았다. 자칫 길을 잘못 들면 다리를 하나 건너야 하거나, 엉뚱한 터널로 진입하거나, 뺑뺑 돌기 일쑤였다. 우리는 미리 예약한 브루클린의 루프톱 아파트를 포기하고, 엘렌 할머니가 예약해준 호텔에서 묵기로 했다.

아침을 든든하게 먹은 다음 호텔 셔틀을 타고 타임스퀘어에서 내려 이른 아침부터 맨해튼 도보 여행을 시작했다. 어디로 시선을 돌려도 알 만한 브랜드의 광고판이 초 단위로 바뀌고, 다양한 나라의 여행객이 북적대고 있었다. 아이들은 비가 부슬부슬 내리는데도 아랑곳없이 들떠서 저절로 행복한 웃음을 지어 보였다.

"우리 M&M부터 먼저 가요."

"그 다음에는 디즈니 숍 가요."

지난여름 뉴욕에 와 보았던 서원이가 귀띔한 것이 있어서인지 아이들은 거침없이 원하는 곳을 얘기했다. 복잡한 뉴욕에서 혹시 일행을 놓칠 경우 찾기 쉽도록 아이들은 YMCA에서 받은 오렌지색 티셔츠를 골라 입었다. 영화 〈마다가스카〉에 나온 센트럴파크에서는 여느 10대들 못잖게 새로운 놀이를 만들어 뛰어놀았다.

"선생님, 뉴욕이 최고예요!"

"맞아요! 완전 제 스타일이에요."

길 위에서 자라는 아이들

"우린 뉴요커 체질인가 봐요."

아이들의 흥분과 감탄은 멈출 줄 몰랐다.

둘째 날은 자유의 여신상과 브루클린 다리를 가보기로 했다. 타임스퀘어에서 자유의 여신상으로 건너가는 페리 공원까지는 5km 정도. 셔틀을 타고 타임스퀘어에 내려서 브로드웨이를 걸었다. 워싱턴 사건 후에는 아이들이 당번을 정해 가장 어린 준호를 하루씩 번갈아 보살피기로 했다. 자유의 여신상 내부로 입장하는 시간은 점심때로 예약했다. 정말 멀고도 험한 길이었다. 아이들은 전날도 종일 걸은 데다 이른 아침부터 움직이니 더욱 힘들어했다. 가는 길 내내 번갈아 가면서 감정을 올리던 아이들은 갑자기 비가 오자 비명을 지르며 택시를 타자, 기차를 타자며 난리를 치기 시작했다. 재빨리 우산과 비옷을 사기 위해 근처 대형 상점으로 들어갔다. 그런데… 뉴요커들은 정말 행동도 빠른 모양이었다. 이른 시간인데도 이미 우산과 비옷이 모두 품절이었다.

아이들은 아랑곳하지 않고 평소 관심 있었던 것들을 돌아보기 시작했다. 나는 달콤한 과자와 초콜릿 등을 사서 가방에 넣었다. 그리고 비가 그친 뒤 다시 걷다가 아이들이 힘들어하거나 분위기가 무거워지면 재빨리 과자나 초콜릿을 꺼내 주었다. 아이들은 새로운 미국 과자와 초콜릿을 맛보느라 잠시 피곤함을 잊고 걸었다. 그러다 더위에 약한 준호의 인상이 좀 나빠지려고 하면

"선생님! 준호가 또 힘들어해요" 하고 소리를 쳤다. 그때마다 나는 "약발이 떨어지고 있네! 빨리 약을 줘야겠다" 하며 달콤한 초콜릿이 발라진 프레첼을 준호에게 건넸다.

그때부터 아이들은 조금 힘들어하는 친구가 보이면 "얘도 약발이 떨어지고 있어요!" 소리를 쳤고, 나는 "그래? 이번엔 좀 더 센 약을 먹여보자!" 하며 다른 종류의 과자를 주었다. 아이들은 그 재미에 푹 빠져 5km를 거뜬히 걸었다. 마라톤 5km도 뛰는 아이들이건만, 한두 시간 걷는 고단함에는 양보가 없었다.

비가 그치고 해가 뜨니 습한 더위가 몰려왔다. 도서관을 발견한 아이들은 저마다 한마디씩 하기 시작했다.

"도서관은 시원하겠지?"

"우리, 도서관 가요!"

페리를 타야 할 시간이 다 되어서 서두르고 싶었지만 더위에 지치면 그 어떤 것도 의미가 없을 것 같아 아이들의 의견에 따르기로 했다.

"그래 빨리 들어가 보자!"

그렇게 우리는 맨해튼을 가로질러 마침내 자유의 여신상에 도착했다.

길 위에서 자라는 아이들

이준호

워싱턴에서 뉴욕까지 약 네 시간에 걸쳐 이동했다. 도착하니 밤이었다. 숙소에서 한숨 자고 일어나니 타임스퀘어에 간다는 소식이 전해졌다. 아침에 출발하는 버스를 탔다. 버스 기사가 나에게 몇 학년인지 물어보았다. 나는 당당하게 열한 살이라고 대답했다. 도운 샘이 "열 살이라고 말해야지 돈을 덜 받았을 건데, 아쉽다"라고 말했다. 나도 아쉬운 생각이 들었다. 5,000원 정도는 아낄 수 있었을 텐데….

하하 호호 웃으며 타임스퀘어에 도착하니 비가 오고 바람이 불어서 다른 곳과는 달리 추웠다. 시간이 지나니 비가 그쳤다. 뉴욕에서의 첫 쇼핑을 위해 M&Ms에 갔다. M&Ms 초콜릿의 귀여운 마스코트가 옷, 컵, 장난감 등에 새겨져 있었다. 모두 흩어져서 가족, 친구에게 줄 선물이나 기념품을 샀다. 나는 오래 입을 수 있는 옷을 샀다. 아버지는 심플한 것, 어머니는 자유의 여신상이 그려져 있는 것, 누나는 동그라미 안에 예쁜 그림이 있는 것으로 골랐다. 영수증을 보니 83달러(약 8만 3,000원)가 나왔다. 신기하게 세금이 붙지 않았다. 민정이 누나와 현주 누나도 세금이 붙지 않았다. 세 명 다 높은 가격에 사서 그런 줄 알았지만, 진짜 이유는 옷이었다.

계산이 끝난 뒤, 가고 싶은 마트를 고르라고 해서 우리는 디즈니 마트를 선택했다. 형들이 찜한 것은 레고였다. 나는 구경만 하고 사지는 않았다. 서원이 형이랑 수민이 형이 돈을 합쳐서 레고를 계산했다. 우리는 동상이 있는 곳에 가서 사진을 찍고 내려왔다. 윤오 형과 함께 화장실을 갔는데 줄이 너무 길어서 죽을 듯이 버틴 다음 겨우 들어갔다. 영웅 샘이 우리를 기다려주었다.

화장실에서 나와 호텔로 가는 버스를 탔다. 샤워를 하고 침대에 누워 잠을 청했다. 다음 날 아침 영웅 샘이 군대 기상나팔 소리가 섞인 재미있는 노래로 우리를 깨웠다. 오늘은 모두가 기다렸던 자유의 여신상에 올라가는 날이다. 설렘 반 긴장 반으로 타임스퀘어로 가는 버스를 탔다. 타임스퀘어에 내려 한 시간 정도 걸으니 크라이슬러 빌딩과 엠파이어스테이트 빌딩이 보였다. 그 근처에 자유의 여신상을 보러 가기 위한 티케팅 장소와 배가 있었다. 먼저 티케팅을 했다. 그 사이에 화장실도 가고 벤치에 앉아 앞에 보이는 건물 사진을 찍기도 했다.

배를 타러 갈 때는 줄이 짧아서 좋았다. 보안이 철저했다. 확인 검사를 두 번이나 한 끝에 자유의 여신상 앞에 섰다. 짐을 보관해놓고 내부로 들어가 수많은 계단을 올라서 머리까지 올라갔다. 그러자 오랫동안 걷고 계단을 오르느라 힘들었던 것이 사라지면서 감탄이 절로 나왔다. 평생 잊지 못할 기억이 되었다. 카메라를 들고 풍

길 위에서 자라는 아이들

경 사진을 마구 찍었다. 가족들에게 보여주면 좋아할 것 같았다. 나는 너무 기뻐서 미친 듯이 날뛰었다.

아쉽지만 구경을 마치고 내려와서 태극기공을 했다. 본 사람은 많이 없지만 자유의 여신상은 보았을 거라고 믿는다. 배를 타고 자유의 여신상에게 "바이바이~"를 외쳤다.

다시 걸어서 브루클린 다리로 갔다. 두 개의 큰 구멍이 있었던 것 같은데, 그곳에서 잊지 못할 사건이 벌어졌다. 박선애 샘을 잃어버린 것이다. 영웅 샘과 선애 샘은 멀리 계셨는데, 나는 "영웅 샘과 선애 샘을 찾아와" 하는 도은 샘의 명령을 듣고 두 분을 데리러 갔다. 하지만 선애 샘이 없었다. 깜짝 놀라 한 시간 넘게 찾아봤지만 없었다. 전화와 문자를 할 수 없어서 난감했다. 그때 모르는 번호로 도은 선생님께 전화가 왔다. 경찰이었다. 선애 선생님도 우리를 찾고 있었다고 한다.

브루클린 다리 입구에서 기념품 같은 것을 팔고 있어서 샀다. 다시 타임스퀘어로 와서 신기한 공연을 보고 버스를 타고 숙소로 왔다. 1박 2일 동안 정든 뉴욕을 떠나 펜실베이니아로 갔다. 뉴욕에서 많은 것을 배운 것 같다.

Traveling Is
Best Education

Traveling Is
Best Education

지구 한 바퀴의 가장 큰 매력은 무엇보다 낯선 환경 속에서 만나게 되는 예기치 못한 상황, 돌발상황, 절대 풀리지 않을 것만 같은 상황, 위기처럼 느껴지는 상황 들이다. 그 상황을 풀어내면서 우리는 잠재돼 있는 스스로의 문제해결력과 실행력을 발견한다. 한국이 아니라 다른 언어와 다른 문화, 낯선 시공간이기에 문제를 해결했을 때의 기쁨과 감동이 더욱 빛을 발하는 것 같다. 그런 경험을 통해 우리는 삶의 지혜를 얻고, 생활의 힘, 즉 내공을 쌓아간다.

미국에서 만난 돌발상황은 실로 어마어마했다.

길 위에서 자라는 아이들

지미 샘이 떠난 날

미국에 도착한 지 일주일이 흘렀다. 시차 적응과 영어의 생활화, 긍정적인 마음의 태도까지 자리를 잘 잡아가고 있었다. 평소 짧고 깊은 잠을 자는 편인데, 그날따라 깊은 잠에 들지 못했다. 새벽 2시. 갑자기 지미 샘의 목소리가 들렸다.

"도은 샘…."

벌떡 일어났다. 나도 모르게 "아버지?" 하고 물었다. 그랬다. 지미 샘의 아버지가 운명하신 것이다. 본래 췌장암을 앓고 계셨는데, 그 때문에 지미 샘과 함께 출국을 할지 다른 선생님으로 대체할지 고민이 많았다. 마음이 무겁긴 했지만 건강이 많이 호전되었고, 아버지에겐 분명 아무 일도 없을 것이라는 지미 샘의 확신과 가고자 하는 의지·책임 때문에 같이 떠나기로 했다. 하지만 나이가 몇 살이든 간에 부모님을 여의는 슬픔은 모두 같다는 걸, 나는 그날 그 새벽에 알았다. 여든이 넘으셨고, 오랜 기간 병상에 계셨고, 지미 샘 본인도 쉰을 훌쩍 넘긴 나이지만, 많이 슬퍼했다. 내 나이 열다섯, 갑작스레 아버지를 여의었던 그 겨울의 가슴 저리는 아픔과 슬픔과 다를 바가 없었다. 하지만 그저 옆에 있어 주는 것 말고는 해줄 수 있는 게 없었다.

– 받아들여야 하는 일

지미 샘은 장례식에 가지 않고 마지막까지 미국 일정을 함께 하면서 애도하겠다고 했지만 마음이 무거웠다. 나는 당연히 지미 샘이 가족들과 함께 장례를 치러야 한다는 생각이었지만, 내심 지미 샘이 없으면 혼자 어떻게 하나 하는 걱정도 들었다. 학부모님들께는 어떻게 이 상황을 설명해야 할까 등등 많은 고민이 꼬리에 꼬리를 물었다.

최종 결정의 책임감이 나를 짓눌렀다. 새벽 4시. 남은 일정을 보며 깊은 상념에 젖었다. 문득 시련은 내가 견딜 수 있을 만큼만 주어진다는 말이 떠올랐다. 항공권을 알아보고, 나머지 일들은 내가 해야 할 일이고 해낼 수 있다고 나를 다독였다. 이윽고 아이들이 일어났다. 지미 선생님 소식을 알렸다. 아이들은 샘을 위로해 드리고 YMCA 캠프에 등원했다. 아무도 입을 열지 않았다. 한 번도 만나본 적이 없는 분이지만, 지미 샘의 슬픔이 우리 모두를 감쌌다.

집으로 돌아와 지미 샘에게 짐을 싸서 애틀랜타 공항으로 가자고 권했다. 선생님은 가지 않겠다고 했다. 아니다. 나라님도 아버지가 돌아가시면 일을 멈추고 장례식을 치르는데, 이 캠프가 뭐라고…. 선생님을 여러 차례 설득했다. 마침내 지미 샘은 낮 12시 비행기를 타기로 했다.

길 위에서 자라는 아이들

시간이 촉박해 애틀랜타 공항까지 두 시간 거리를 열심히 달렸다. 공항으로 진입해 출국장으로 가는 길을 달릴 때 경찰차가 따라오며 정차하라고 방송을 했다. 출국장 입구에 차를 세웠다. 경찰은 총을 겨눈 채 차 안에서 대기하라고 소리치며 다가왔다. 영웅 샘과 지미 샘이 짐을 들고 내리려고 하자 두 명의 경찰은 더 가까이 오면서 가만히 있으라고 소리를 쳤다. '무슨 일이지? 이러면 비행기를 놓치는데….'

　– "I can not speak English!"
　문득 지난해 워싱턴에서 필라델피아로 가는 고속도로에서 경찰에게 잡혔던 경험이 떠올랐다. 야밤에 경찰이 쌍라이트를 켠 채 우리 차를 따라오며 사이렌을 울렸다. 그리고 갓길에 정차하라는 방송을 계속했다. 그 방송이 우리 차를 향한 것이라는 걸 알아차린 순간, 잠이 확 달아나면서 심장이 두근 반 세근 반 터질 듯이 뛰었다.
　차를 세우자 경찰은 "머리에 손 올리고 대기하라" 소리치며 다가왔다. 총을 겨눈 채 랜턴을 켜 차 안을 수색한 경찰은 면허증을 보여달라고 했다. 나는 순수하고 바보 같은 표정을 지으며 일부러 떠듬떠듬 말했다.
　"나는 한국인이고 영어를 잘 모른다. 천천히 말해달라."

상기되었던 경찰의 얼굴이 한결 부드러워졌다. 그리고 우리가 중앙선을 넘었다고 알려주면서 어디서 오는지, 어디로 가는지, 술을 마셨는지, 졸음운전을 하는 건지 친절하게 천천히 또박또박 물었다. 그리고 면허증과 차량 관련 서류를 보여달라고 했는데, 차량 관련 서류가 없어 한국어가 적힌 워크북 인쇄물을 한 장 꺼내 보여줬다. 그러자 피곤해 보이니 가까운 호텔에 가서 자고 내일 아침에 다시 출발하라고 친절히 호텔 주소까지 알려주었다.

나는 그때의 경험을 살리기로 했다. 지미 샘을 빨리 내려줘야 한다는 다급한 마음을 잠시 누르고 창문을 내려 경찰에게 말했다.

"나는 한국인이다. 영어를 잘 모르니 천천히 얘기해달라."

경찰은 내가 출국 진입로에서 속도위반을 했다고 알려줬다. 하지만 나는 잘 못 알아듣는 듯, 미안하다고 하면서 그 말을 따라했다. 그러자 경찰은 보디랭귀지를 섞어가면서 속도를 줄이고 천천히 다니라고 설명했다.

"Speed down! Down OK?"

"Ah~ Speed down~. OK! Thank you!"

위기상황을 벗어나자마자 초고속으로 델타항공 카운터로 달려갔다. 하지만 체크인 시간은 이미 마감이 되었고, 12시간 뒤인

자정에야 탑승이 가능했다. 이번에는 지미 샘과의 실랑이가 다시 시작되었다. 지금 가봐야 장례식까지 모두 마친 후가 될 테니 가지 않겠다는 것이었다. 하지만 나는 "장례 마치고 다시 돌아오셔도 돼요" 하면서 지미 선생님의 마음을 달래주었다.

– 길은 열리게 되어 있다

애틀랜타 공항을 나오면서 나는 마음을 다잡았다. 이제부터 어떻게 해야 할까? 지미 샘 덕분에 아이들도 우리도 빨리 적응한 것 같은데…. 당장 집으로 돌아가서 해야 할 일과 내일, 이번 주 일정들을 짚어보았다. 미국이란 땅에 혼자 덩그러니 남겨진 것 같은 기분이었다. 선생님이 옆에 그냥 앉아 있기만 해도 든든하고 힘이 된 것 같아 더 그리워졌다. 그런 내 마음을 눈치라도 챈 듯, 영웅 샘은 늘 지미 샘이 앉던 조수석으로 옮겨 앉아 말동무가 되어주었다. 그때만큼은 잠시 고민을 잊었다.

YMCA 윌슨 브랜치에서 아이들을 픽업해 집으로 가니 데이비드와 넬이 기다리고 있었다.

"지미 소식 들었어. 안타까운 일이야. 앞으로 어떻게 할 계획이야? 도움이 필요하면 언제든 연락해."

그날 이후 두 분은 매일 집으로 오셨다. 아이들과 이야기도 하고, 생필품이나 음식이 모자란 것은 없는지 살폈다. 아이들 스케줄과 픽업 시간 등을 공유하며 내 짐을 덜어주려 애썼다. 한 할머니도 종종 우리 집에 머물며 아이들에게 맛있는 밥도 챙겨주고, 미국에서 살아온 이야기도 해주셨다. 특히 아이들이 알아듣기 힘든 영어는 한국어로 해주었다. 아이들을 예뻐하고 사랑해주는 마음이 고스란히 드러나 보였다.

그렇게 미국 가족들은 지미 선생님의 빈자리를 채워주었다. 덕분에 혼자라는 심적인 부담과 압박을 덜 수 있었다. 우리를 지켜보고, 언제든 도움을 청할 수 있는 '현지 가족'이 있다는 사실 하나만으로도 힘이 되었다. 이제 갓 스무 살이 된 영웅 샘도 지난 일주일과는 완전 다르게 모든 일을 주도적으로 했다. 아이들을 더 많이 살피고, 챙기고, 집안일도 더 많이 하고, 아이들 간식도 만들어주었다. 지미 샘의 빈자리는 컸지만, 모두 함께 그 자리를 차곡차곡 채워갔다. 아이들도 어른이 한 명 줄었다는 이유 하나만으로 서로를 더 챙겼다. 그렇게 우리는 새로운 에너지를 써서 조금 더 움직이면서 성장해 나갔다.

 – 돌발사건
지구 한 바퀴를 하는 동안 예상치 못한 큰 사건을 만나면, 정신이 번쩍 들면서 모두 하나가 되어 문제 해결에 집중했다. 유럽 캠프 때, 프랑스 파리-벨기에 브뤼셀 열차에서 식량가방을 잃어버렸을 때도 그랬다. 처음엔 서로 누가 챙겼나 하는 걸로 실랑이하다가 이내 "그럼 앞으로 어떻게 하지?" 하는 걸로 바뀌었다.

각자 자신의 비상식량을 나누고, 어떤 부분의 예산을 아껴서 식비로 쓰자는 등 의견을 냈다. 가장 큰 수확은 그 일로 인해 아이들 사이에 콩 한 쪽도 나누어 먹는 동지애가 생겼다는 점이다. 식량가방을 잃어버린 대신 우린 더 큰 것을 얻었다. 삶도 마찬가지인 것 같다. 작은 일 앞에서는 감정이 상하고, 토라지고, 잦은 다툼이 일어나지만 감당하기 어려운 일 앞에서는 오히려 담담해지면서 문제 해결에 집중한다. 지미 샘의 한국행도 역설적으로 우리에게는 성장의 기회가 되었다. 나 역시 더 빠르게 움직이고, 더 씩씩하게 해 나갔다.

우리 비행기 어디 갔어?

뉴욕을 마지막 여행지로 삼고 필라델피아를 거쳐 애틀랜타 공항으로 돌아오려 했던 우리의 계획은 뜻밖의 상황 때문에 바뀌었다. 운전을 담당하고 있는 나의 체력이 두 시간도 못 가 쉬어야 할 정도로 급격히 떨어졌기 때문이다. 보조 운전기사가 간절했다. '다음엔 꼭… 운전 전담 선생님을 모셔오리라' 남몰래 다짐했다.

– 태풍으로 인한 우연한 여행

맨해튼에서 두 시간여를 달려 엘렌 할머니가 추천해준 펜실베이니아의 메리어트 호텔에서 하룻밤을 묵으며 여독을 달랬다. 한국에서 부모님들의 긴급 연락이 왔다.

"아이들이 돌아오는 날인데, 거대한 태풍도 아이들과 같이 귀국한다네요. 괜찮을까요?"

개학 날짜나 예산 등은 신경 쓰지 말고 태풍이 지난 후 안전하게 돌아오는 것이 좋겠다는 의견이었다. 아이들에게 물으니 누구 하나 바로 한국에 돌아가고 싶어하는 아이가 없었다.

"안 그래도 더 있고 싶었어요. 우리 더 있어요!"

"그냥 미국에서 살아요."

기획자이자 인솔자로서 싫지 않은 반응이었다.

"그건 지금이 재미있다는 거네? 오케이!"

선생님들과 의논한 결과 선애 샘의 개학 날짜를 미룰 수는 없어서 태풍의 움직임을 보고 최대한 빨리 돌아가는 것으로 결정했다. 그날 아침 델타항공에서 온 긴급메일에 의하면 태풍이 지나간 뒤 가장 빠른 한국행 비행기는 3일 뒤에 뜰 예정이었다. 애틀랜타까지 남은 거리는 800여 마일(1,280km). 하루 꼬박

길 위에서 자라는 아이들

열심히 가면 충분히 갈 수 있는 거리였다.

긴급회의를 열어 지금까지 여행에서 무엇이 가장 아쉬운지, 어디를 더 여행하고 싶은지, 한국으로 돌아가기 전에 무엇을 더 하고 싶은지 등을 심도 있게 의논했다. 예기치 못한 상황이기에 아이들의 의견을 100% 수용하기로 했다. 아이들의 결론은 참 놀라웠다. 캐롤라이나에서 롤러코스터를 양껏 타지 못했던 터라 놀이공원을 한 번 더 가고 싶어할 줄 알았는데, 아이들은 몽고메리로 돌아가 한 할머니와 오렌지 가족과 남은 시간을 보내고 싶어했다. 한 할머니가 만들어주시는 잔치국수도 한 번 더 먹고, 몽고메리에서 쇼핑도 하고, 고양이도 보고 싶고….

아홉 시간 동안 차 타기

김윤오

오늘은 새벽부터 몽고메리까지 약 아홉 시간 동안 차를 탔다.

우리가 회의를 해서 몽고메리에 한 할머니를 보러 다시 가자고 했다. 계속 차만 타서 지겹기도 했지만 좋은 일도 있었다. 산이나 구름이 예쁘고 신기했다. 도로에 신기한 자동차도 지나다녔다. 문을 안 닫고 달리는 차도 있고 말이 타고 있는 차도 있었다.

오늘은 차에서 하루를 다 보낸 것 같다. 진짜 지겨웠다. 그렇지만 오렌지 가족 집에서 같이 지내고, 한 할머니를 다시 보게 되어서 좋다.

미국은 엄청 큰 나라인 것 같다. 우리나라에서 아홉 시간 정도 자동차를 타면 땅끝마을부터 38선까지 갈 수 있는데 미국은 아니다. 그래서 미국은 정말 큰 것 같다.

- 묻지 마 여행

출국이 늦춰진 사정을 오렌지 아저씨와 아주머니에게 알렸다. 그리고 아무 계획 없이 그때그때 일정을 만들어내는 '묻지 마 여행'이 시작되었다. 호텔에서 가까운 허쉬초콜릿 공장에 가서 초콜릿을 잔뜩 쇼핑하고 81번 도로를 타고 내려가기 시작했다. 비도 오고 날도 어두워져서 1박을 하고 새벽 일찍 출발하는 게 나을 것 같아 크리스천버그 주변의 작은 시골마을로 들어갔다. 늦은 시간에 10명의 대식구를 끌고 식당과 호텔을 찾아다니는 건 보통 일이 아니었다. 아이들도 선생님들도 피곤함과 배고픔에 지친 상태. 또 빨리 할머니가 있는 몽고메리로 돌아가고 싶은 간절함까지 더해져 묻고 따질 틈도 없이 곧 영업을 마감하려는 피자 가게와 작은 호텔로 행선지가 결정되었다.

길 위에서 자라는 아이들

지난번 동부 일주 때는 주로 야간운전을 선택했었다. 낮시간에 정신없이 뛰어논 아이들이 모두 깊은 잠에 빠진 밤시간에 열심히 달리는 것이었다. 졸음운전을 피하기 위해 낮시간대인 한국의 가족, 친구, 팀원, 가까운 지인들과 릴레이 보이스톡으로 장시간 대화를 나누었다. 그때는 체력도 마음의 여유도 있었다. 하지만 지금은 그때의 고등학생이 아닌 어린 친구들이 나의 일행이고, 7인승 SUV가 아닌 미니버스다. 심리적 피로감과 부담감이 훨씬 컸다. 열세 살 아이들은 그렇게 나를 냉철하고 차분하고 계획적으로 단련시켜주었다.

새벽 5시. 간단한 호텔 조식을 먹고 다시 출발했다. 여전히 비가 쏟아지고 있었고 아이들은 다시 잠들었다. 나는 '커피 한잔 하고, 오늘 안에 도착하도록 열심히 달리자' 하며 가속페달을 밟았다.

테네시주를 가르는 81번 도로는 주변이 모두 산으로 둘러싸여 있어 비에 촉촉이 젖은 녹음이 더욱 푸르게 빛났다. 피곤한 나를 위해 선애 샘이 운전을 교대해주었다. 20분 정도 단잠을 잤을까? 갑자기 달리는 속도가 느리게 느껴져 잠에서 깼다. 선애 샘이 고속도로에 걸린 '70'이라는 숫자를 가리키며 물었다.

"여기, 70으로 가는 거 맞지?"

'아… 우리 선애 샘, 엄청 긴장했구나. 미국은 킬로미터가 아니라

마일을 쓰는데….'

그럼에도 나는 "네네, 선생님. 우리 다음 도시에서 들어가요" 하고 샘을 안심시켰다. 컨디션도 좀 살아나는 것 같고, 선애 샘의 긴장감과 압박이 내게도 전달되는 듯해 빨리 교대를 하는 게 좋을 것 같았다. 비가 갠 뒤 만난 녹스빌은 선애 샘이 운전하기엔 복잡하고 힘든 지역 같았다. 도시를 통과하는 10여 분이 한 시간처럼 느껴졌다.

"죄송해요. 에구구 너무 고생시켰네."

"난생처음 미국에서 버스 운전을 해봤네요. 출세했어!"

선애 샘은 진땀을 빼고도 출세했다며 긍정적으로 말한다. 옆에 있는 것만으로도 힘이 나게 하는 든든함이다.

어쩌면 마지막 여행지가 될지도 모를 곳이라는 생각으로 계획은 없었지만 낯선 도시에서 우리 문화를 알려보자며 아이들에게 마지막 공연을 권했다. 아이들은 이미 자유의 여신상 앞에서 피날레 공연을 했던 터라 쉽사리 허락하지 않았다. 아이들끼리 의논해서 결론을 알려달라고 한 뒤 멀찌감치 서서 기다리며 마음속으로 빌었다.

'제발 한 번만~ 한 번만 더 하자!'

아이들끼리 의견이 분분한 모양이었다. 하지만 공연의 리더인 서원이의 의견을 따르는 걸로 결론이 내려졌다. 서원이는 흔쾌

길 위에서 자라는 아이들

히 공연을 하자는 파이팅을 보냈다. 아이들이 공연 의상을 준비할 동안 나는 공연을 할 만한 주변 관광지를 검색해보았다. 파머스 마켓으로 갔더니 아담한 상가 건물과 작은 노점들이 줄지어서 한국의 5일장처럼 오픈마켓을 형성하고 있었다. 동부 일주 중에 공연했던 장소 가운데 가장 그럴 듯한 곳이었다 날이 개면서 무더워진 탓에 저고리는 생략하고 바지와 조끼만 입고 공연을 시작했다.

마켓의 상인과 손님들이 모두 공연을 보았다. 영상을 찍기도 하고, 여느 관광지와 달리 조용히 집중하면서 미소와 격려를 보내주었다. 처음에는 안 한다고 했던 아이들도 그런 관객들에게 보답이라도 하듯 여느 때보다 훨씬 더 공연에 집중했다. 지켜보던 선애 샘도 나도 가슴이 뭉클뭉클~ 코끝이 찡했다. 무대에서 내려오는 아이들 얼굴에는 함박웃음과 만족감과 뿌듯함 그리고 '이제 다 끝났다' 하는 후련함까지 가득했다. 어디서 왔는지, 무얼 하는 아이들인지 묻는 미국인도 있었다.

– 다시 만난 오렌지 가족

몽고메리로 돌아가는 길. 나는 개운함과 뿌듯함을 더해 한껏 신나게 달렸다. 그런데 운전을 계속하다 보니 어쩐지 이번 여정 중에 가장 길고 힘들게 느껴졌다.

'거의 다 왔는데 왜 이리 멀까?'

지난 2011년 호주에서 귀국할 때는 11시간 동안 시드니-인천 행 비행기를 타고 인천공항에 내린 다음, 서울로 와서 KTX를 타고 울산까지 내려갔다. 그런데 동대구에서 울산까지 단 20분 거리가 왜 그렇게 지겹고 길고 멀게만 느껴졌는지…. 문득 그때 가 떠올랐다.

때로는 10분이 한 달 혹은 1년처럼 길게 느껴질 때가 있다. 반 면에 1년이 하루처럼 빠르게 지나가는 듯 느껴질 때도 있다. 그 래서 시간은 빠른 세월과 느린 세월의 평균을 딱 맞춰 정직하게 흘러가나 보다.

이런 순간은 힘든 훈련을 할 때도 찾아온다. 특히 사이클 훈련 중에 파워 상승을 위해 3분 동안 강하게 페달을 돌려야 하는 그 순간이 그렇다. 고작 3분인데, 단 10초가 그렇게 길게 느껴질 수 가 없다. 10초를 18번만 하면 되는데. 근육은 아우성이고 심장은 터질 듯한 고통으로 몸부림친다. 때로는 3분이 10년만큼의 인지 강도를 주곤 한다.

몽고메리에 도착하기 전 해결해야 할 문제는 3일간 묵을 숙소 였다. 어떤 이유인지 몰라도 호텔은 빈방이 없었다. 오렌지 가족 에게 SOS를 쳤다. 오렌지 가족은 자신의 집에서 그냥 머물라고 했지만, 그동안 너무 많이 챙겨주고 애써주셨던 터라 더는 신세를

길 위에서 자라는 아이들

지고 싶지 않았다.

"머무는 만큼 지불할게요."

오렌지 가족은 그것마저 흔쾌히 '또 하나의 미션'처럼 웃으며 받아들였다. 우리는 3일치 숙박비를 지불하고 오렌지 가족의 집에서 3일 동안 홈스테이를 했다. 넬 아주머니는 침대가 부족해서 불편하지 않을까 걱정이었지만, 거실과 빈 공간에 매트를 깔아주었더니 아이들은 마치 캠핑이라도 온 것처럼 흥분된 시간을 보냈다. 무엇보다 하루 24시간 오렌지 가족과 함께 지내는 것이 더욱 의미있고 특별한 마무리였다.

백야드 수영장에서 아침을 먹고, 한 할머니가 손수 만들어주신 콩나물밥을 먹고, 아이들이 원했던 쇼핑을 하고, 마지막으로 유기견 보호소에 가서 강아지와 고양이들을 꼭 안아준 다음 한국으로 돌아갈 준비를 했다. 아이들에게는 진짜 가족 같은 따뜻한 온기와 사랑을 가슴속에 가득 담는 시간이었다.

오렌지 가족의 집에 머무는 동안, 나와 선생님들은 그동안 잊고 지냈던 여유로운 아침 시간을 즐겼다. 미국은 18세 이하 어린이만 집에 두는 게 불법이기 때문에 누군가 항상 함께 있어야 한다. 그런데 오렌지 가족과 함께 지내는 동안은 아침 시간에 선생님들끼리 나가 자전거를 타고 타운을 돌면서 맑은 하늘과 공기를 만끽할 수 있었다. 나는 몽고메리 올드보이 바이크 크루들과 함께 근교의 50마일 거리를 시원하게 달리고 마지막 작별 인사를 했다.

한국행 비행기의 이륙 예정 시간은 밤 12시. 이 때문에 마지막 날 하루는 떠날 준비와 보낼 준비로 분주했다. 그동안 집안 곳곳에 널려있던 짐들이 하나씩 가방 속으로 들어가 자리를 잡았다. 짐 정리를 마친 뒤 모두 모여 남은 독서자료를 정리하고 마무리 미팅을 했다. 오후에는 우리를 배웅하기 위해 오신 한 할머니와 웨스트 할아버지와 함께 시간을 보냈다.

미국 가족들은 우리가 모여 글을 읽고, 토론하고, 글을 쓰고, 발표하는 모습들을 좋아했다. 특히 유대인이자 프리스쿨 교사 출신인 웨스트 할아버지는 교육에 대한 관심이 컸고, 아이들을 예리하게 관찰하고 지켜보는 분이었다. 무엇보다 늘 한결같이 우리를 예뻐하고 사랑해주었다. 여든의 그에게는 나도 아이들과 똑같은 'grand kids' 즉 손주뻘이었다.

애틀랜타 공항까지는 차로 두 시간, 시차까지 포함해 세 시간을 잡고, 렌트카 반납, 출국 두 시간 전 체크인, 그리고 돌발상황까지 감안해서 4시경부터 거실에 모여 작별이사를 나누었다. 미국 가족들은 거실에 모여 이야기하는 것을 즐겼는데, 그날도 우리가 먼 한국 땅이 아닌 잠시 옆 동네에 다니러 갔다가 금방 올 것처럼 이야기를 나누었다. 아이들은 특히 한국을 떠나와 40년이 넘는 세월 동안 우리처럼 많은 한국 아이들을 한꺼번에 돌본 적이 없었던 한 할머니에 대한 애틋한 마음을 많이 표현했다. 그리고 늘 아이들과 장난꾸러기처럼 같이 놀아준 데이비드 아저씨, 우리를 늘 챙기고 살펴준 넬, 늘 파이팅이 넘쳤던 웨스트 할아버지….

그들과의 작별은 쉽사리 끝나지 않았다. 애써 밝은 분위기 속에서 헤어지려고 애쓰는데, 여섯 명의 아이들 중 가장 경상도 사나이 같고 시크했던 유오가 눈물을 터뜨렸다. 나도 한 할머니와 포옹하며 애잔함과 서운함에 울음보가 터졌다.

46일간 우리와 함께한 17개의 여행용 가방을 밴에 차곡차곡 테트리스 게임처럼 빼곡히 싣고, 가족들의 당부를 몇 번이나 들은 다음 6시 반이 되어서야 출발했다.

한국으로 돌아가는 머나먼 길

처음 기획된 여행은 41박 42일, 여기에 태풍으로 연기된 기간을 합쳐 도합 46박 47일, 장장 한 달 보름 동안 미국에서 머물렀다. 그것도 열세 살짜리 꼬맹이들을 데리고! 돌이켜 생각해보면 정말 간도 크게 미국 동부 일주를 한 셈이다. 그것도 직접, 거의 혼자 운전을 해서. 체크해보니 도합 2,500마일(4,000km)을 넘게 달렸다. 다시 시도하고 싶지 않은, 다시 하라면 못할 것 같은 무모한, 하지만 귀한 도전이었다.

이때의 경험으로 이듬해 '지구 한 바퀴'는 '하와이에서 한 달 살기'로 선택했다. 그리고 한 시간이면 섬의 끝에서 끝까지 갈 수 있는 하와이 오하우섬 여행을 두 번이나 떠날 수 있었다. 급기야 '아메리칸 드림을 미국령 하와이에서 이루겠다!' 하는 새로운 드림 플레이스가 생기기도 했다.

– 비행기 대사건

한 달여간 정든 미국 가족과 헤어진 슬픔도 잠시, 애틀랜타 공항으로 가는 길은 또 다른 여행길이었다. 중간에 화장실에 가고 싶은 아이들이 있어 몽고메리에서 한 시간 남짓 떨어진 어번이라는 도시로 들어갔다. 마침 철인3종 때 경품으로 당첨된 아이스크림 쿠폰이 있어서 아이스크림도 먹고, 대형마트에 들러 남은 달러도 썼다. 그리고 한 시간여를 더 달려 애틀랜타로 공항로로 진입했다. 그 해 여름, 몇 번이나 다녀간 길인지 모른다.

일단 주유소에 들러 렌트한 밴에 기름을 가득 채웠다. 미국의 경우 차에 기름을 가득 채워서 반납해야 한다. 그렇지 않으면 꽤 높은 가격으로 부족한 기름값을 지불해야 한다. 지난번 귀국길에 아무 생각 없이 그냥 차를 반납했다가 예상치 못한 많은 비용을 지불해야 했다.

주유소에 화장실이 하나밖에 없어서 예상보다 시간이 많이 걸렸다. 심지어 막 출발하려는데 갑자기 화장실에 가고 싶다고 한 아이도 있었다. 짐 때문에 타고 내리는 게 쉽지 않아서 더욱 시간이 걸렸다.

어렵사리 공항 내 렌터카 회사를 찾아 가방을 내리고 차를 반납했다. 처음 계약할 때, 렌터카 회사 기사가 우리를 공항 출발 장소까지 데려다주기로 했다. 그런데 우리가 너무 늦게 도착하는 바람에 기사가 이미 퇴근을 하고 없다는 게 아닌가. 미안한 기색 하나 없이 리무진을 타고 가면 된다고 하는 직원이 야속했다. 아이들에게 상황을 설명하고 리무진 승차장까지 직접 가방을 끌고 갔다.

마음이 조급해지기 시작했다. 엘리베이터를 한꺼번에 탈 수가 없어서 몇 번에 나눠서 탔다. 어렵사리 리무진 승차장에 도착했다. 그런데 막 출발하려던 차는 우리 인원과 짐을 보고 다음 차를 타라며 그냥 지나갔고, 우리는 결국 다음 차를 탈 수밖에 없었다. 우리는 마음이 타 들어가는데, 기사들은 참으로 여유로웠다.

국제공항 출국장에 도착해 가방을 내려서 확인한 다음 열심히 달렸다. 고요한 국제공항엔 어둠만 깔려 있을 뿐 사방이 조용했다. 갑자기 불안한 마음이 감돌기 시작했다. 심장이 콩닥거렸다. 아….

우리가 타야 할 델타항공 카운터에는 '마감했습니다' 하는 안내판만 덩그러니 서 있을 뿐, 아무도 없었다.

꿈일까? 내가 잘못 찾아온 건 아니지? 늦은 시간이라 델타항공 오피스와도 연결이 잘 되지 않았다. 한국에 연락을 취하고, 다른 항공사를 이리저리 쫓아다녀 보았다. 아이들? 지금 생각해 보니 그때는 아이들과 선생님께 상황을 전달하고 알려줄 여유도 없이 오로지 상황 해결에만 몰입하고 있었던 것 같다.

– "우리 한국에 못 가요?"

멀리 경비원이 보였다. 상황을 설명하니 일단 국내선 출국장을 통해 출국심사를 받은 다음 공항 트레인을 통해 국제선 게이트로 들어가는 방법을 알려주었다. 아이들에게 일단 국내선 출국장으로 가야 한다고 설명하고, 오로지 비행기를 타야 한다는 일념 아래 가방을 몇 개씩 한꺼번에 밀면서 열심히 달렸다. 아이들은 내 표정, 내 눈빛, 뿜어져 나오는 나의 에너지 속에서 함께 달렸다. 대식구가 초고속으로 달려 리무진을 탔다. 리무진에 가방을 싣는 것 또한 초고속이었다.

국내선으로 이동하는 버스에서 항공사에 다시 연락을 했다. 힘들게 연결된 직원은 지금은 탑승이 어려울 거라며 다른 비행기를 알아보는 게 나을 거라고 했다. 이미 11시가 넘은 상황. 내가 원했던 답이 아니기에 받아들이고 싶지 않았다. 등줄기에 땀이 흐르고 온몸이 뜨거워졌다. '눈앞이 캄캄하다'는 게 어떤 건지 제대로 느낄 수가 있었다.

이보다 더 막막하고 절박할 수 없었다. 다시 버스 손잡이를 잡은 채 흔들거리며 서서 나를 도와줄 만한 사람들에게 전화를 걸었다. 얼마나 간절했던지 한국말도 아닌 영어가 1.5배속으로 돌아갈 정도였다.

2011년 1월 시드니공항에서도 비슷한 일이 있었다. 면세점에서 난생처음 사본 브랜드 화장품이 공항 쓰레기통으로 들어가야 할지도 모를 일이 생겼다. 그 화장품이 '액체'였기 때문이다. 엄청난 에너지와 간절함을 담아 열심히 영어를 쏟아낼 수밖에 없었다.

열세 살 우리 돌콩들은 나의 그런 모습만 보고도 대충 상황을 파악한 모양이었다. 10여 분쯤 지났을까? 국내선에 도착하자마자 델타항공 카운터를 향해 달렸다. 거의 대부분의 카운터가 업무를 마감한 상태였지만 다행히 아직 열린 곳이 한 군데 있었다. 여권과 예약 서류를 내보이며 초고속으로 상황을 설명했다. 이륙까지는 채 한 시간도 남지 않은 상황. 게다가 국내선 항공 오피스에 와서 국제선을 태워 달라니…. 당황한 기색이 역력했다. 직원은 전산 업무도 이미 마감된 상태라 방법이 없다고 했지만 나는 그래도 열심히 설명했다.

"샘, 우리 한국 못 가요?"

아이들 목소리가 그제야 들렸다.

"아니야~ 그런 말 하지 마~."

아이들을 안심시키는 선애 샘 목소리도 들렸다. 아이들은 델타 항공 직원의 답을 전달하기도 전에 상황파악을 마치고 "야~ 오늘 안 간다. 카드 꺼내자" 하며 공항 바닥에 둘러앉아 카드 놀이를 시작했다. 선생님들과 잠시 얼굴을 마주하고 심호흡을 한 다음 복잡한 머릿속을 정리했다. 내가 태어나서 가장 힘들게 느껴지는 이 순간이, 하필이면 우리나라도 아닌 미국일까. 게다가 10명의 대가족과 함께!

지구 한 바퀴 프로젝트를 하면서 수많은 나라의 수많은 공항에 가보았지만 지금 같은 상황은 처음이었다. '꿈이었으면' 했던 그 순간, '기적 같은 일이 일어났으면' 했던 그 순간의 내 몸과 마음, 뜨거운 체온이 지금도 생생하다.

그 순간 가장 걱정되었던 것은 힘들게 일정을 만들어 동행해 준 선애 선생님이 개학 첫날 출근을 할 수 없게 된 점이었다. 아이들에 대한 걱정도 컸지만, 선애 샘에 대한 심적 부담이 만만치 않았다. 하지만 곧 울 것만 같았던 나를 선애 샘은 "학교는 하루쯤 빠져도 괜찮아요" 하며 안심시켜 주었다.

어떻게든 당장 출발만 할 수 있다면 국내선 경유라도 해보려고 발 빠르게 아니, 손 빠르게 검색을 시작했다. 별 소용이 없었다. 태풍이 지나간 뒤라 며칠간 발이 묶였던 탑승객이 몰리면서 모든 좌석이 만석이었다. 게다가 우리는 대가족이 아닌가.

한여름이지만 에어컨 공기 때문에 두꺼운 겨울 점퍼를 입고 근무하는 카운터 직원 앞을 벗어날 수가 없었다. 그 순간 우리를 도와줄 수 있는 사람은 그 직원밖에 없었기 때문이다. 야근은 혼자 하는지, 실내가 추워서 나도 패딩을 꺼내 입어야겠다는 등 여담을 건네며 긴장을 풀었다 '내가 기댈 곳은 여기밖에 없다' 하는 절박한 심정으로 카운터에 매달려 한국행 비행기를 검색해 보고, 직원에게 물어보고, 디트로이트를 경유하는 36시간 항공 편은 탈 수 있는지 등등을 확인했다. 직원도 그런 내가 안타까워 보였는지 건조하고 사무적인 말투로 질문을 건넸다.

"이 아이들은 모두 당신 아이들인가? 어딜 다녀오는 길인가?"

나는 플로리다에서 뉴욕까지 46일간 동부 일주를 하고 한국으로 돌아간다는 걸 설명했다. 알고 보니 그녀도 아이가 셋 있는 워킹맘이었다. 슬슬 다양한 대화가 시작되면서 그녀도 나도 긴장과 당황스러움에서 벗어나 좀 더 편안한 마음으로 해결방법을 찾기 시작했다.

– 공항에서 만난 미국인 천사들

내가 경험한 미국의 행정처리는 말 그대로 '복불복'이었다. 유능하고 융통성이 있는 직원이면 원칙과 규율에서 벗어나지 않은 한도 내에서 어떻게든 해결이 되었고, 잘못 걸리면 금방 처리될 일도 오랫동안 대기해야 하거나 아예 못 하게 되는 경우가 다반사였다.

그녀는 긴급으로 전산을 열어 항공 스케줄과 좌석을 검색했다. 그리고 12시간 후 공동 운항하는 대한항공편을 탈 수 있다고 알려주었다. 문제는 인당 차지를 800달러가량 더 지불해야 한다는 점이었다. 선애 샘은 800만 원은 너무 출혈이 크다고 다른 방법을 알아보자고 했다. 비행기를 놓친 책임을 지고 내가 부담을 해서라도 바로 출발하고 싶은 심정이었지만 선애 샘의 이야기를 듣고 좀 더 방법을 찾아보았다.

이번에는 다음 날 같은 시간의 델타항공 좌석이 나왔다. 추가 차지는 200달러. 기쁜 마음으로 그 비행기를 타기로 결정하고 아이들에게 전달했다. 아이들은 죄책감으로 미안해하는 나를 위로라도 하듯 밝고 씩씩하게 "공항에서 노숙 한번 해봐요. 그럼 또 비행기를 놓칠 일은 없겠죠" 하면서 떠들썩했다.

렌터카는 이미 반납한 상황. 이런 상황에서 24시간을 어떻게 버틸지 의논을 하고 있는데 델타항공 직원이 머무를 곳은 있느냐고 물어왔다. 따로 정해둔 곳이 없다고 하니까 가까운 직원 전용 호텔을 직원가에 예약해주고 리무진까지 불러주었다.

"여기 수영장도 있어서 아이들이 좋아할 거예요. 호텔 조식도 맛있고. 일찍 일어나서 꼭 조식을 먹어봐요."

그녀의 이름은 로라. 내게는 미국인 천사나 마찬가지였다. 그리고 그 많은 가방을 친절하게 실어주고, 내려주고, 좌석까지 꼼꼼히 체크하면서 호텔까지 데려다준 리무진 기사 역시 또 다른 천사가 아닐까 싶다.

이제 한국으로 갈 수 있구나! 하늘을 향해 감사함이 절로 올라왔다.

함께한 순간의 소중함

애틀랜타 공항에서의 감사는 2012년 뮌헨 공항을 떠나 파리로 가는 비행기 안에서도 느낀 적이 있다. 겨울 유럽 캠프를 마치고 한국으로 귀국하던 길이었다. 일행 중 한 친구가 좌석을 확인하고 수하물을 발송하면서 여권까지 넣어서 보내버렸다. '수속을 모두 마쳤으니 빈손으로 가도 되겠지' 하고 안심했던 게 문제였다.

출국심사를 마치고 인원을 점검해 보니 한 친구가 안 보였다.

여권이 없어서 출국심사를 못하고 밖에 서 있었던 것이다. 심장이 쿵! 하고 떨어지는 것 같았다. 지금에 비하면 체력도 내공도 경험도 연륜도 부족했던 때였다. 우리는 모두 출국심사대를 다시 빠져나가 수하물 속에 들어간 가방을 꺼내달라고 공항 직원과 항공사 직원에게 사정 사정을 했다. 다행히 호소가 받아들여졌다. 나는 서류 작성을 위해 오피스로 가고, 아이들은 가방에서 여권을 꺼내왔다.

단체로 체크인이 되어 있었기 때문에 우리 일행의 가방을 몽땅 내려주었는데, 여권만 빼고 가방을 다시 비행기 화물칸에 싣는 줄 알았더니 그게 아니었다. 처음 시작할 때처럼 가방을 들고 체크인 카운터로 올라와 다시 부쳐야만 했다. 당시 항공사 직원은 열심히 상황을 설명했지만 우리 아이들은 독일식 발음의 영어를 잘 알아듣지 못했다. 그 직원 역시 우리 아이들이 키만 큰 열대여섯 살짜리 동양 청소년들이라 자신의 말을 잘 알아듣지 못한다는 걸 전혀 몰랐을 것이다.

급히 서류 작성을 마치고 출국 심사하는 쪽으로 가니까 아이들이 여권을 손에 쥔 채 나를 보며 손을 흔들었다. 그때 독일 항공 직원이 왜 가방을 다시 가져오지 않느냐고 물었다. 그제야 상황 파악이 된 나는 바로 가서 가방을 가져오겠다고 했지만 이륙시간이 얼마 안 남은 데다 짐을 싣는 작업이 모두 끝났기 때문에

길 위에서 자라는 아이들

가방을 실어줄 수 없다는 것이 아닌가.

"그럼 어떻게 하면 되는가?"

"둘 중 하나다. 가방을 포기하고 비행기에 탑승하던가, 비행기 탑승을 포기하고 가방을 찾아서 다른 날 비행기를 다시 예약해서 타던가."

아이들과 모여서 회의를 했다. 하나같이 가방을 포기할 수 없다고 했다. 그럼 다음 날 비행기를 타야 하는데, 밖에는 함박눈이 내리기 시작한 상황이었다. 게다가 1박에 들어갈 숙박비와 추가 차지…. 남은 예산을 동전까지 다 써버린 우리로서는 가방을 포기하는 것이 최선이었지만 누구도 그럴 생각이 없었다. 나 또한 거금을 들여 산 러닝워치 때문에 포기할 수가 없었다.

우리는 모두 침묵 속에서 앉아 있었다. 그때 안내방송이 흘러나왔다 탑승객을 찾는 방송이었다. 일곱 살 서원이는 자기 이름이 자꾸 방송에서 나오니까 울면서 비행기를 타러 가자고 졸랐다. 하지만 엉덩이가 떨어지질 않았다.

'가방을 왜 못 실어줄까? 문 한 번만 열면 되는데.'

갑자기 여러 항공사의 직원들이 달려와 재촉하기 시작했다.

"당신이 도은 박인가? 빨리 비행기에 탑승하라."

"우리는 가방을 실어주지 않으면 탑승을 할 수가 없다."

나는 상기된 얼굴로 우리 상황을 설명했다. 현장 책임자처럼 보이는 사람이 달려왔다.

"가방을 실어주면 탑승을 하겠는가?"

"그렇다."

"그럼 실어줄 테니 빨리 탑승구로 가라."

"가방을 싣는 걸 확인해야겠다."

그제야 그는 허허 웃으며 우리 가방이 카트에 실려 가는 것을 유리창을 통해 보게 해주었다. 우리는 숨이 차도록 달렸다. 우리가 타자마자 출입문이 닫히고 비행기가 이륙했다. 갑자기 눈물이 쏟아졌다. 한번도 나의 약한 모습을 본 적이 없는 무뚝뚝한 남자아이들이 나의 모습을 신기한 듯 살폈다. 그때 그 아이들은 이제 군대까지 다녀와 어엿한 사회인이 되었지만 아직도 그때 이야기를 한다.

"어른들한테 '대한민국에 안 되는 게 어디 있어?'라는 말을 자주 들었는데 뮌헨 사건 이후로는 그게 바뀌었어요. '지구촌에 안 되는 게 어딨어?' 하는 걸로요."

그리고 그때 보았던 도은 선생님의 버티기 정신은 사회 어디에도 적용이 되더라며 웃음을 터트린다. 당시 아이들을 꼼꼼히 챙기지 못했던 무능함에 스스로를 나무라는 절박한 상황이었지만, 세월이 지난 지금 돌이켜보면 나도 아이들도 더 가까워지고, 더 애정을 갖게 된 시간이었다.

길 위에서 자라는 아이들

- 라이프 이즈 러닝(Life is Learning)

한 달 보름 동안 아이들이 돌아올 날을 손꼽아 기다렸을 학부모들께 귀국일이 하루 연기된 걸 알려드리려니 입이 떨어지지 않았다. 그런데 단체 공지로 상황을 올리니까 묻지도 따지지도 않고 "하루 더 놀다 오니 좋겠다" 하는 글이 올라왔다. 고마웠다.

우리는 공항 직원이 소개해준 호텔 수영장에서 신나게 놀고, 나가서 간식도 사 먹고, 호텔 로비에 앉아 대장정의 피드백을 꼼꼼히 정리하는 시간도 가졌다. 롤링페이퍼 형식으로 가장 기억에 남는 일, 감사했던 일, 기뻤던 일, 힘들었던 순간 등 서로에게 하고 싶었던 이야기를 적었다. 그리고 새롭게 발견한 자신의 모습과 새롭게 얻은 마음으로 한국에 돌아가서 어떻게 지낼지 각오를 발표하는 시간도 가질 수 있었다. 그제야 "이런 시간을 가지라고 비행기가 우릴 두고 떠났나 봐~" 하는 농담이 나왔다.

본래 스케줄대로 했으면 한국에 도착했을 시간쯤 미국 가족으로부터 잘 도착했는지 연락이 왔다. 비행기를 놓치고 아직 애틀랜타에 있다고 했더니 어떤 연유도 묻지 않으시고 "Life is learning" 딱 한마디 답이 왔다.

경험이란 정말 강력한 학습효과를 가지고 오는 모양이다. 공항까지 10분이면 가는 거리인데, 아이들은 체크인이 아직 여섯 시간이나 남은 저녁 6시부터 빨리 공항으로 가자고 야단법석이었다.

"샘, 빨리 가요! 또 놓치면 어떻게 해요? 우리 공항 가서 놀아
요!"

다섯 시간 일찍 체크인을 한 우리는 말 그대로 공항에서 놀았다.
시간이 눈 깜짝할 사이에 지나갔다. 아이들은 한 달 보름간 함께
지내며 소그룹 놀이에 탄력을 받아 정신이 없었고, 선생님들은
아이들이 하나라도 사라질까 촉각을 곤두세웠다. 나는 특히 비행
기에 올라타기 전까지 긴장을 늦출 수가 없었다. 귀국 후 가능한 한
빨리 일상으로 돌아가기 위해 캠프 정산 내용을 머릿속에 그려
보았다. 그리고 13시간 동안 일하기 위해 노트북을 끌어안고 비행
기를 탔다.

아이들을 체크하고, 짐을 정리하고, 일하면서 들을 음악도 미리
선곡해 놓고, 일할 목록도 정리했다. 시간이 얼마나 흘렀을까.
몽롱하니 잠에서 깨어보니 눈앞에 몇 장의 메모지가 붙어 있고,
우리 비행기가 곧 인천공항에 도착한다는 안내방송이 흘러나오고
있었다. 애틀랜타행 비행기에서는 불편해서 잠도 안 오고 비행
시간이 1년처럼 길게 느껴졌는데, 돌아오는 비행은 순식간이었다.
아이들 이야기를 들어보니, 식사가 나올 때마다 깨웠는데 완전히
기절한 것처럼 자더라고 했다. 한 달 보름 동안의 긴장이 순식
간에 풀려서일까? 하루 평균 다섯 시간을 넘지 못했던 부족한

길 위에서 자라는 아이들

수면 시간 때문이었을까?

무사히 한국으로 돌아오게 되었다는 깊은 안도감, 그리고 무거운 책임감이 조금은 익숙해지고 편안해진 느낌이랄까…. 그렇게 내 인생의 가장 짧은 13시간이 지나갔다.

- '경험'이라는 학습효과

애틀랜타 공항에서 비행기를 놓쳤던 경험은, 여전히 유효하다. 당시 미국에 동행했던 아이들 중에 그해 겨울방학의 일본 오사카 캠프에도 참가한 아이들이 있다. 그들은 인솔 교사보다 먼저 기차 시간과 비행기 시간을 철저하게 챙겼다. 그리고 그 당시 도움을 요청했지만 나를 도울 길이 없었던 미국 친구도 공항에 갈 때마다 내게 전화를 건다.

"아직 이륙 시간이 한참 남았는데, 벌써 공항에 왔어. 나 잘한 거지? 이게 바로 '박도은 효과'야!"

그러고는 항상 그 순간을 잊지 말자고 얘기한다. 유쾌하지는 않지만, 잊으려야 잊을 수 없는 기억이 되었다.

울산 KTX역에서 마중 나온 부모님들을 만났다. 무사히 돌아온 것에 감사하고, 기뻐하고, 긴 일정을 소화하고 건강하게 돌아온 아이들을 안아보고…. 역 앞은 감동과 온기로 가득했다. 따스한 재회의 순간은 죄책감에 물들었던 내 마음까지 녹이는 듯했다.

귀국 직후 사후캠프를 열었다. 주 1회 아이늘과 만나 책 출간을 계획하고, 아이들과 함께 글을 쓰고 자료를 만드는 등 박차를 가했다. 그런데 나의 바쁜 일상이 시작되면서 내 글이 가장 늦어졌다. 어쩌면 우선순위에서 밀렸다고 해야 할까. 한 달 반 동안 멈춰 있던 경제활동을 하루 빨리 재개해야 했기 때문이다. 그리고 전국체전을 코앞에 두고 훈련을 제대로 못해 초기화된 몸을 다시 끌어올려야 했기에 글쓰기가 소홀해졌다.

이 때문에 글의 생동감은 조금 떨어졌을지 모르겠다. 하지만 쫓기는 마음에 급히 써 내려간 글보다, 시간이 지나 기억장치 속에서 무르익은 지금의 글에서 더 의미 있는 것들을 찾아낼 수 있을 것이다. 긴 시간이지만, 멈춤과 여유는 그때의 자신을 좀더 너그러이 용서하고 받아들이고 지지해 줄 수 있는 아량을 가져다주는 듯하다.

경험 부자, 마음의 부자가 된 아이

어느 날 학부모님과 간담회를 하고 있는 중에 전화가 걸려왔다.

"전화 받는구나! 지금 한국에 있니? 코로나 때문에 세상이 시끄러운데, 네 생각이 나서 전화했다."

모 방송국에서 근무하는 선배님께 걸려온 안부 전화였다.

"네. 저는 며칠 전에 귀국했어요. 선배도 잘 지내시죠?"

"다행이다! 내가 아는 주변 사람 중에 도은이 네 팔자가 가장 좋은 거 알고 있니?"

"아이 참, 선배도~. 대신에 나는 모아놓은 재산이 없잖아요."

"모아놓은 게 없는 건 나도 마찬가지인데?"

"난 선배 같은 명품 구두랑 가방이 없잖아요."

자주 듣는 말이다. 핵심은 '가고 싶은 데 다 가고, 하고 싶은 거 다 하면서 세상 편하게 산다'라는 이야기였다. 그리고 언젠가부터 "지금 한국에 있니?"라는 안부 인사를 자주 듣는다. 10년째 방학마다 꼬박 한 달여 동안 외국에 나가 있다 보니 일상적으로 보는 분들이 아니면 충분히 물어볼 만한 이야기다. 특히 코로나 사태 이후 많은 분들이 안부를 물어왔다.

결과는 금방 눈에 띄지만 준비하는 과정의 노력은 잘 보이지 않는다. 방학 한 달을 꼬박 비우기 위해서는 학기 중에 열심히 일하고, 하던 일들을 매듭지어야 한다. 떠날 때마다 짐을 정리하고, 냉장고를 비우고, 집을 비우고, 이사를 가듯 떠날 준비를 한다. 그렇게 일상을 잠시 멈추고 한 달여의 유목민 생활을 하고 돌아오면, 서원이도 나도 언제 그랬냐는 듯 다시 멈추었던 일상을 빠르게 되찾는다.

귀국 다음 날 새벽수련에 나온 나를 보고 사형이 "안 피곤해? 시차 적응하려면 일주일은 쉬어야 할 텐데" 하고 물었다.

"어젯밤에 푹 잤어요." 그렇게 시공간만 이동했을 뿐 나의 일상은 다시 시작된다.

서원이는 사교육을 하지 않는다. 영어학원에 가는 대신 학원비를 모아 방학 한 달 동안 엄마를 따라 지구 한 바퀴 여행을 떠난다. 처음 서원이가 영어를 시작하게 된 계기는 일곱 살 때 런던의 코벤트 가든에서 식사를 할 때였다. 서원이는 내게 케첩이 필요하다는 얘기를 점원에게 해달라고 부탁했다. 그때 나는 "네가 직접 부탁해봐" 하고 말했다. 서원이는 그 말을 할 줄 모른다며 울먹였다. 그때 한 학생이 귓속말로 답을 알려줬다.

"Excuse me~. Ketchup please~."

서원이는 바로 점원에게 쫓아가 환한 얼굴로 케첩을 받아왔다. 그날 이후 서원이는 내게 영어를 가르쳐달라고 졸랐다. 그리고 함께 여행하는 형들한테 "형아 물은 영어로 뭐야? 얼음은 뭐야?" 하고 물어보고는 "Excuse me~. Water please~. Ice please~" 하면서 필요한 걸 직접 구했다.

지구촌 여행을 하는 동안 서원이는 영어를 체계적으로 배우지도 않고, 새로운 걸 공부하지도 않는다. 한 학기 동안 학원에서 배운 영어와 외국에 나와 귀동냥으로 배운 영어는 양과 질에서 비교할 수 없다.

서원이는 '영어를 배우고 싶다'는 동기를 얻었다. 왜 배워야 하는지도 모르고 어디에 쓰이는지도 모르는 채 학원을 왔다 갔다 하면서 배우는 영어와 출발점부터 달랐던 것이다. 서원이는 영어가 언제 어디에 쓰이는지 눈으로 확인했고, 필요하다는 것 또한 알았다. 그리고 말을 해야 원하는 것을 얻을 수 있다는 것을 알게 되었다. 나는 학원에 가서 많이 배우는 기회를 주는 대신 왜 영어를 공부해야 하는지 알려주고, 열심히 공부하고 싶다는 마음을 선물했다. 그리고 서원이는 집에서 엄마표 영어를 공부하고 있다.

사람은 누구나 원하는 게 있다. 그것을 얻기 위해서는 시간과 돈, 에너지를 써야 한다. 무엇이 옳고 그르다거나, 누가 잘하고 못하고는 중요하지 않다. 자신이 무엇을 원하는지를 분명히 알면, 그에 필요한 시간과 돈을 지불해도 만족감이 충분히 높아진다.

나는 내가 원하는 게 무엇인지 정확히 알고 있기 때문에 명품 대신 경험을 사는 것으로 만족감을 얻는다. 그 대가로 얻은 경험들은 어떤 일을 만나도 두렵지 않게 하고 불가능이 없도록 만들어준다. 가장 확실한 투자는 자기에 대한 투자라는 글을 본 적이 있는데, 내가 산 경험들은 내 세포 속에 꼭 자리를 잡은 채 삶에서 만나는 매 순간마다 보이지 않는 힘으로 작용한다.

– 내가 가치를 두는 것을 향해 삶을 꾸리는 것

"작은 며느리, 너는 그렇게 나다니고 언제 돈 모을래?"

해마다 지구 한 바퀴 프로젝트를 마치고 귀국하면 시부모님께 어김없이 듣는 말이다. 당신들이 보실 때는 해마다 긴 해외여행을 다니면서 많은 돈을 쓰니, 돈을 모을 수 없을 거라는 걱정이다. 나는 항상 웃음과 함께 "모아야지요" 하고 씩씩하게 대답한다.

시부모님은 젊은 시절 어렵게 살면서 한푼 두푼 모아 마을의 최고 땅부자가 되신 분들이다. 일흔이 한참 넘었지만 여전히 소소한 일을 하고 있다. 가끔 일상에 지치고 힘들 때면 늘 열심히 살아가는 그분들을 생각하며 다시 힘을 내기도 한다.

친정엄마가 돌아가신 해부터 지구촌 한 바퀴 프로젝트를 시작했다. 아빠가 갑작스레 돌아가신 후 혼자 되신 엄마가 3년 내내 매일 아빠 사진을 보며 울고 있는 모습을 보았을 땐 내 슬픔이나 아픔은 묻어두고 오로지 홀로 계신 엄마를 위해 성공하는 것이 목표였다. 내가 사업에 성공해야 엄마가 돈 걱정 없이 편안한 노후를 보낼 수 있다고 생각했다. 그래서 어린 서원이를 엄마에게 맡기고 밤낮없이 열심히 일만 했다. 그러다 건강을 잃었고, 엄마는 그런 나를 돌보다 갑자기 세상을 떠났다. 효도할 수 있는 날을 기다려주지 못했다. 그때 번쩍 든 생각이 '나중이라는 것은 없구나' 하는 것이었다.

'이번 일만 잘 되면 뭐든 해줘야지' 했지만, 다음 기회는 없었다. 지금 못하면 나중에도 못한다. 준비했지만 실행하지 않는 것은 결국 하지 않는 것이고, 시작을 해야 할 수 있다는 것 또한 알게 되었다. 그래서 달라진 점이라면 '나중에 안 바쁠 때 해야지' 하는 마음을 없애고 생각이 났을 때 바로 시부모님께 전화를 드리거나 찾아간 것이다.

처음엔 정말 지구를 한 바퀴 돌겠다고 거창하게 시작한 것이 아니었다. 그저 학생들 멘토링에 대해 이것저것 생각한 것을 하나씩 실행하다가 조금씩 살이 붙고 내용이 더해지고 새로운 의미가 부여되면서 점점 커지게 된 것이다. 서원이와 함께하게 된 이유 또한 다시 돌아오지 않을 '지금'에 대한 자각 때문이었다.

처음에는 어린 나이에 엄마가 되어서 아이를 양육하느라 내 젊음을 보내는 것이 받아들여지지 않았다. 엄마가 돌아가셨을 때는 내가 주 양육자가 되어야 한다는 사실이 너무 막막해서 슬픔과 충격이 더 컸다. 하지만 일곱 살 아이와 함께 유럽을 여행하면서 24시간 내내 붙어 있다 보니 아이가 무엇을 좋아하고 어떤 일에 기뻐하는지, 신체 리듬은 어떻게 바뀌는지 등등을 제대로 알게 되었다. 이때를 기점으로 내 아이에 대한 시각도 바뀌고 마음도 달라졌다. 아이가 한 해가 다르게 커 가듯이 엄마인 나도 함께 성장했다. 지금 서원이는 누구보다 가까운 나의 절친이고,

지구 한 바퀴 프로젝트의 1등 도우미이기도 하다. 서원이와 함께 숱한 도전에 나서면서 얻은 배움과 깨달음의 가치는 통장 잔고와는 비교할 수 없을 만큼 많은 의미를 담고 있다. 오늘 하루를 열심히 살 수 있는 힘과 현재에 감사할 수 있는 삶의 태도를 가져다주었기 때문이다.

스스로 크는 아이들

함께 스터디를 하는 선생님 한 분이 물었다.
"도은 선생님, 어떻게 매일 아침 그렇게 요리를 해요?"
"그냥 후딱후딱 해요. 아침에 아이들이 좋아하는 음식을 준비해줘야 기분이 좋아서 열심히 해요."

– 연애하듯이

매일 아침 7시에 아이들과 함께 영어 개방 수업을 한 지 2년이 되어간다. 영어 학습 성취보다 더 나를 기쁘게 하는 것은 아침을 맛있게 먹고, 깔깔깔 웃고 떠드는 아이들의 웃음소리다. 부쩍 성장한 아이들이 기특한 멘트를 한마디씩 던질 때도 코끝이 찡한 감동을 받지만, 입이 귀에 걸린 듯한 아이들의 해맑은 웃음은 또

길 위에서 자라는 아이들

다른 행복감을 가져다준다.

지구 한 바퀴 프로젝트를 준비할 때마다 "올해가 마지막이야" 하면서도 다음 해 또 가방을 싸는 이유도 그런 행복한 미소를 매일, 시시때때로 볼 수 있기 때문이다. 콜로세움에서 술래잡기를 하면서 까르르 넘어가던 웃음소리, 바티칸 성당에서 레오나르도 다빈치의 벽화를 보며 질러대던 탄성, 샹들리제 거리를 걸으며 자신도 모르게 흥얼거리던 아이들의 콧노래는 중독처럼 다시 짐을 꾸리게 했다.

특히 아이들이 이런 여행을 통해 자신의 진로를 제대로 찾아가는 걸 볼 때는 큰 보람을 느낀다. 언젠가 루브르 박물관을 돌아보면서 유독 관심이 많았던 한 아이는 가이드용으로 사용했던 닌텐도에서 아이디어를 얻어 게임프로그래밍 대회에서 금상을 차지하기도 했다.

어릴 적 엄마는 "꿈적거리면 뭐든 얻게 돼. 움직여!" 하는 말씀을 자주 하셨다. 나는 엄마의 말처럼 수시로 가방을 꾸리고, 귀국 후 여독이 풀리고 일상이 안정되면 나도 모르게 또 떠날 준비를 한다. 빠져나오지 못할 늪과도 같은 이 프로젝트를 계속하는 건, 아마도 아이들과 함께하는 시간들이 연애하듯 재미있고 보들보들하고 행복하기 때문인 것 같다.

아이들을 '통제'하는 건 크게 어렵지 않다. 쉬운 일정과 코스를 선택하고 원칙과 규율을 강조하면 된다. 하지만 나는 자유로움과 자율적 환경을 제공하고 싶었다. 또한 원칙은 있되 한계는 없는, 넓고 단단한 울타리 안에서 안전이 보장된 자유로움을 만끽하며 스스로 성장하기를 바랐다.

지구촌 한 바퀴를 통해 얻은 또 다른 수확은 무한한 나의 잠재력을 발견한 것이다. 한계 넘기의 노하우는 '연애하듯이'이다. 연애를 할 때는 남자친구를 감동시키기 위해 새벽잠도 잊고 도시락을 쌌고, 열심히 도시락을 싸다 보니 없던 요리 실력도 생겼다. 연애 시절의 이런 경험이 지구 한 바퀴에도 그대로 적용되었다. 낯선 시공간으로 함께 떠난 아이들을 감동시키기 위해 무엇이든 해주고 싶다는 마음이 나의 한계를 넘을 수 있게 해준 것이다. 갈등이 생겼을 때도 솔직한 마음으로 다가가고, 진심을 다해 안아주고, 다양한 깜짝 이벤트로 아이들의 마음을 풀어주니 대부분은 저절로 해결이 되었다. 아이들은 그렇게 나를 더 가벼워지게 하고, 설레게 하고, 웃게 하고, 저절로 행복해지게 하는 그런 존재였다.

나는 지도자나 인솔자가 아니라 47일 동안 찐사랑을 하고 온 것 같다.

– 팀원을 내 몸같이!

미국 여행에서 가장 강조했던 것은 전체의식, 공동체의식, 서로 배려하는 마음을 갖는 것이었다. 대부분 외동인 지구촌 아이들은 6년간의 공동육아를 통해 서로 양보하고 협력하는 것을 많이 경험했다. 하지만 부모님이 곁에 없는 생활이 길어지면 스스로 모든 것을 챙겨야 하는 데 대해 고단함을 느끼기 쉬웠다. 때문에 아이들에게는 매 순간이 낯설고 어색하고 수고스러웠지만, 또한 매 순간이 새로운 깨달음이자 공부였다.

워싱턴에서 뉴욕으로 떠날 준비를 하는 날 아침이었다. 짐을 정리한 다음 모두 모였다. 한 개의 캐리어 가방 양쪽에 짐을 나눠 담은 친구도 있고, 큰 배낭에 짐을 꾸린 친구도 있었다. 그런데 한 친구는 캐리어 이외에 여러 개의 비닐봉지에다 신발까지 손가락에 끼워 들고 나왔다. 그런 식으로 짐을 들었다가는 차를 타고 내리다가 길바닥에 떨어뜨리거나 잃어버리기 십상이었다.

"선생님, 이 친구 짐이 엄청 많아요."

"그렇게 보따리, 보따리 들고 뉴욕으로 떠날 거야? 선생님이 보기엔 가방을 놓치거나 몇 개는 잃어버릴 수도 있을 것 같아."

하지만 정작 본인은 그게 최선이란다. 나는 아이들에게 도움을 청했다.

"너희들이 함께 이 상황을 해결할 수 있는 방법을 찾아보면 어떨까?"

아이들은 웅성웅성 의견을 나누기 시작했다. 그러다 한 친구가 캐리어를 열어보니 한쪽은 텅 비었고 다른 한쪽 역시 소량의 짐만 들어 있었다. 자세히 보니 엄마가 매일 입고 쓸 수 있도록 옷과 생필품 등을 각각의 밀봉 봉투에 꼼꼼히 싸서 설명까지 붙여 놓았다. 지금 상황의 연유를 조금은 짐작할 수 있었다.

아이들은 '이렇게 하면 어때?' '이건 어떨까?' 하면서 그 친구의 손에 있던 짐을 하나씩 캐리어에 넣을 수 있도록 도와주었다. 그리고 자기들끼리 "Good job!" 하면서 물개박수를 치고 서로 등을 쓰다듬어주며 마무리를 했다.

"선생님, 다 됐어요! 출발해요!"

출발시간은 조금 지연되었지만, 아이들은 마치 중요한 미션이라도 해결한 듯 뿌듯한 마음으로 또 하루를 시작했다. 아이들과 함께 지구촌을 다니며, 이런저런 상황이 생길 때마다 많은 생각을 하게 된다.

사실 아이들에게 정답을 주거나 선생님이 해결해주면 쉽고 빠르다. 하지만 시간이 단축되는 대신 배움의 기회는 가질 수 없다. 아이들은 여러 가지 상황을 통해 새로운 걸 배우고, 서로를 통해서도 많은 걸 배운다. 이렇게 자신들의 의견이 적극적으로 반영되고 자신의 목소리가 인정되는 주도적인 상황을 통해 아이들은 한 뼘 더 성장하고, 낯설고 두려운 상황에서도 익숙한 편안함을 포기하고 새로운 일에 도전할 수 있는 힘을 가지게 된다.

여행이 길어지면 아이들은 자신도 모르게 '집에 가고 싶다' '엄마 보고 싶다'는 말이 나오게 된다. 하지만 스스로 판단하고 결정할 수 있는 게 많았던 미국 여행에서는 그런 말이 거의 나오지 않았다. 어쩌면 그들 스스로 삶을 개척해 나가는 즐거움과 희열, 성취감 덕분이 아니었을까?

– 백악관으로 가는 길

미국 동부 일주를 할 때는 무더위가 한창인 한여름이었기 때문에 아이들의 불쾌지수가 소소하지만 큰 문제였다. 다행히 노스캐롤라이나 캐로윈즈의 무더위는 워터파크를 오가며 넘길 수 있었다. 버지니아에서는 매 순간 어디로 튈지 모르는 엘리아나가 정신을 쏙 빼놓았고 이동할 때 잠깐씩 들어간 시원한 박물관들이 큰 역할을 했다. 하지만 워싱턴에서 만난 더위는 극복이 정말 어려웠다.

엘렌 할머니와 만난 첫날, 도서관과 국회의사당을 거쳐 전통공연을 하고 나서 한 친구의 짜증이 폭발했다. 그냥 서 있어도 땀이 줄줄 흐르는 무더위에 '보온성 높은' 공연복을 입고 긴 시간 공연을 했으니 충분히 그럴 만했다. 하지만 한 명이 폭발하니 다른 친구들도 누르고 있던 감정들을 내리쬐는 햇살처럼 뿜어냈다.

'어떻게 이 난관을 극복하지?'

선생님들은 아이들의 상황을 100배 공감하면서 칭찬과 격려로 달랬다. 하지만 이미 폭발한 아이들의 짜증과 분노는 식을 줄 몰랐다. 선생님들은 엘렌 부부의 눈치까지 봐야 했지만 아이들은 아랑곳하지 않았다. 그때 우리를 지켜보던 엘렌 할머니가 배낭 속에서 영양바 간식을 꺼내 하나씩 나눠주었다. 바삭하고 달콤한 비스킷 덕분에 뜨겁게 달궈졌던 모두의 기분이 조금씩 환기되는 듯했다. 그런 다음 엘렌 할머니는 조심스레 말을 꺼냈다.

"거리가 좀 멀긴 하지만 식당가로 걸어가서 식사를 하고, 백악관은 내일 볼까? 아니면 오늘 백악관까지 볼까?"

아이들은 이구동성으로 외쳤다.

"노 레스토랑! 백악관! 백악관!"

그 순간은 안도의 한숨을 쉬었지만, 이내 나는 후회했다. 어느 정도를 더 걸어야 하는지 전혀 모르는 상태에서 그저 빨리 백악관을 보고 오자는 마음이었지만, 결과적으로 아이들을 더욱 지치게 한 선택이었기 때문이다.

엘렌 부부를 따라 더위를 피할 수 있는 국립미술관과 옛 우체국 시계탑 등 건물 안과 밖을 지났다. 아이들은 구슬땀을 흘리면서 선생님들 몰래 다투기도 하고 툴툴거리기도 하면서 백악관에

길 위에서 자라는 아이들

도착했다. 그런데 신기하게도 백악관 방문객센터를 둘러보면서 몸도 마음도 안정을 찾는 듯했다. 백악관 견학을 마치고 엘렌 할머니가 추천해준 깔끔하고 모던한 아시안 음식점에 들렀다. 먹고 싶은 음식을 배불리 먹은 아이들은 이내 화색이 돌았다.

숙소에 돌아와 마무리 미팅을 했다. 무더위와 함께 있었던 일에 대해 스스로 돌아보고 알아차리는 시간이 되었으면 하는 마음으로 자유롭게 이야기를 나누도록 했다. 물론 '한국말' 허용 시간이었다.

"지금껏 아무도 안 아프고 여행 참 잘했다 그치? 잠깐 쉬어가는 마음으로 그동안 힘들었던 일이나 좋았던 일, 친구나 선생님들께 하고 싶었던 얘기 등을 자유롭게 이야기해 볼까?"

아이들끼리 알아서 순서를 정하고, 꽤 진솔하게 이야기를 풀어갔다. 한 친구가 이야기를 시작하면 나머지는 그 친구를 바라보며 진지하게 경청했다. 선생님들도 그 모습이 너무나 진지해서 숨을 죽인 채 이야기를 들었다.

아이들은 몽고메리에서부터 한 달 넘게 함께 지내면서 겪은 섭섭했던 일이나 불편했던 감정들을 자유롭게 이야기했다. 누군가 서운했던 일을 이야기하면 그에 대한 사정을 이야기해주고, 서로 사과를 하기도 했다. 그런데 한 친구가 말을 못하고 우물쭈물하고 있으니까 아이들이 나서서 격려를 해주었다.

"괜찮으니까 그냥 아무 말이나 편하게 해봐."

"형아! 부담 갖지 말고 그냥 형아 마음을 얘기해줘. 그래야 우리가 알지."

가장 어린 준호까지 나섰다. 서로 날카롭게 부딪치며 으르렁거리던 낮 분위기와는 아주 달랐다. 서로 기다려주고 지지해주는 모습이 놀라웠다. 이윽고 우리가 꼭 짚고 싶었던 낮의 일에 대해 이야기가 나왔다.

"오늘 내가 갑자기 화내고 짜증 내서 미안해."

"맞아! 짜증 낸다고 달라질 것도 없는데 우리가 괜한 짜증을 많이 낸 것 같아."

"맞아! 우리가 100% 긍정을 못한 것 같아."

"엘렌 할머니한테 정말 미안했어. 힘들게 우리 가이드를 해줬는데…."

그렇게 아이들은 마음속에 쌓여있던 응어리를 풀었다. 선생님들은 그동안 전혀 모르고 있었던 아이들끼리의 갈등을 알게 되었고, 아이들 스스로 감정 정리를 하게 되어 기뻤다. 한편으로는 '이런 자리를 자주 만들어줬어야 했는데…. 아이들이 같이 지내면서 힘들었겠다' 하는 미안한 마음도 생겼다. 하지만 계획대로 모든 걸 완벽하게 해내야 한다는 압박으로 무거웠던 내 마음을 살피고, 조금은 내려놓게 되는 시간이기도 했다.

길 위에서 자라는 아이들

'내 마음이 힘든 만큼 아이들도 그동안 힘들었구나.'

그날 밤 과자봉지와 함께 무르익은 열세 살들의 진솔한 대화는 여행으로 인한 피로와 공동체 생활의 스트레스를 한 번에 씻어 내고 개운하고 가벼운 마음을 선사했다. 여행을 통해 더 깊어지고, 몸도 마음도 단단해져 가는 아이들의 모습을 보면서, 나는 또 그들과 사랑에 빠지는 듯했다.

'그때 바로 지적하고 통제하고 야단치지 않고 함께 마음을 공유하고 스스로 알아차릴 수 있는 기회를 만들어 준 건 정말 잘한 것 같아.'

그렇지. 나그네의 외투를 벗기는 것은 세찬 바람이 아니라 햇님의 따스한 온기였지.

몰입의 즐거움

서원이가 중학생이 된 뒤 새 학년이 될 때마다 '우리 아이 자랑' 즉 내 아이가 잘하는 것을 적어 보내라는 가정통신문을 받았다. '우리 아이는 현재에 잘 몰입하고, 매 순간 행복할 줄 아는 아이입니다'라는 것을 가장 먼저 적었다. 서원이는 "엄마! 그게 무슨 자랑이야?" 하며 핀잔을 주었지만, 엄마인 나에게는 그것이 무엇보다 큰 자랑이다.

나는 강의를 시작할 때마다 퀴즈를 낸다.

"세상에서 가장 소중한 것은 무엇일까요?"

학부모들은 대부분 '우리 가족, 내 아이를 잘 기르는 것, 행복' 이런 답을 내놓는데, 아이들은 '나만의 꿈, 미래' 등 나름의 소중한 화두를 내놓는다. 그럴 때 나는 '지나가면 다시 돌아오지 않는 지금 현재 이 순간'을 제시하고 동의를 구한다.

현재를 뜻하는 영어 present는 선물이라는 뜻도 가지고 있다. 성공한 사람과 그렇지 못한 사람은 '현재 이 순간'에 100% 전력투구하는지 아닌지에 따라 갈라진다. 공부할 때 공부하고 놀 때 노는 아이, 일할 때 일하고 쉴 때 쉬는 사람이 성공한다.

매해 여행을 하면서 현재 상황에 100% 몰입하지 않으면 안 되도록 만들었다. 한국에 있는 집, 마무리하지 못한 일거리, 학급 친구 등은 생각할 여유가 없었다. 우리가 머무는 그곳의 날씨와 사람, 음식에 적응하고, 그곳에서 살아내고, 새로운 친구를 만나고, 활동의 기회를 찾고 만드는 것이 우리의 일상이었다.

서원이는 그런 훈련을 여러 해 받은 덕분에 현재에 몰입하는 힘이 대단하다. 또한 그런 점에서, 좀 거창하게 말하면, 매 순간이 행복한 아이다. 혼자 놀아도 행복하고, 같이 놀아도 행복하다.

언젠가 옆집 아이가 같이 놀자고 찾아왔는데 서원이는 그 아이를 문 앞에서 돌려보내고 혼자 놀았다. 궁금해서 물었다.

"왜 같이 놀자고 찾아온 친구를 돌려보내?"

"지금은 혼자 놀고 싶어. 다음에 같이 놀면 되지."

해맑게 대답하는 아이에게 한 대 쿵! 하고 맞은 기분이었다. 본인이 원하는 것을 잘 알고, 선택하고, 그 속에서 행복감을 얻는 것. 어른이 된 나조차도 명쾌하게 해내지 못할 때가 많다.

자신이 원하는 게 무엇인지 알아야 다음 행보가 결정되기 때문에 서원이는 지금 원하는 것과 그 순간에 집중한다. 그 어떤 능력보다 대단한 그 아이만의 저력이다. 그래서 본인이 하겠다고 선택한 것은 어떻게든 해내는 묘한 힘을 가지고 있다. 있으면 있는 대로, 없으면 없는 대로 불평불만 없이 잘 활용해서 자신만의 행복을 찾아낸다. 따로 배운 적은 없지만, 그것이 바로 수많은 여행을 통해 쌓이고 단련된 그 아이만의 근육인 것 같다.

부록

지구촌 아이들과
함께한 사람들

지구촌 아이들과 함께한 사람들

1. 학부모들

❀손인숙_현주 엄마

미국을 간다고? '나도 아직 못 가본 미국'을 가겠다고 하는 현주가 너무나 대견했다. 사전캠프를 하면서도 실감하지 못했던 현주의 미국행은 당일이 되자 실감이 났다. 그날 아침, 집을 나서면서부터 어떻게 그 먼 곳을 보낼까 하는 걱정으로 아이 발목을 잡고 싶었다. 하지만 '아이가 선택했고 또 앞으로 크면서 자신의 삶을 개척해 나가야 할 텐데 엄마가 되어서 그걸 못 견디면 안 되지' 하는 생각이 나를 참을 수 있게 했다.

울산역에서 짐을 싣고 아이를 안아주며 "건강하게 잘 다녀와" 하는 순간 눈물이 왈칵 나왔다. 아이가 알면 마음이 약해질까 봐 애써 참고 몰래 눈물을 닦았다. 그리고 씩씩한 엄마의 모습으로 멀어져가는 기차를 향해 보이지 않을 때까지 손을 흔들었다.

현주가 탄 기차가 떠나고, 실로 오랜만에 현주 아빠랑 둘만의 여행을 했다. 아무런 예약도 하지 않은 채 목적지만 정하고 떠났다. 우연히 들른 식당에서 맛있는 음식과 차를 마셨고, 그동안 많이 부르지 않았던 노래도 큰 소리로 부르며 다녔다. 현주가 돌아올 때까지 우리 부부의 하루는 현주 이야기로 시작되고 마무리되었다.

"여보 현주 미국 비행기 탔대."

"여보, 현주 미국에 도착했대."

"여보, 현주가 미국에서 철인3종 완주했대."

"와우~. 여보 현주가 자유의 여신상 왕관까지 올라갔대."

"여보 현주 소식 왔나?"

"여보, 오늘은 현주 뭐 했대?"

미국 소식을 접할 때마다 대견하고 기특하고 감사하는 하루하루였다.

나는 좀 소심한 편이라 교회를 갈 때도 혹시나, 행여나 하면서

현주가 올 때까지 손톱도 깎지 않았다. 현주 아빠는 "현주 보고 싶어 미치겠다"를 수없이 되뇌면서도 "현주는 그 먼 곳에서 철인 3종 경기도 완주했는데 아빠도 씩씩하게 있어야지" 하며 다짐하기도 했다.

그렇게 한 달 반가량의 긴 여행을 끝내고 돌아와 준 현주와 팀원들이 한없이 대견하고 고맙고 감사했다. 안전하게 잘 돌아와 준 것만으로도 충분히 고맙기 그지없는데 기특하게도 한여름을 얼마나 열정적으로 보냈는지 윤이 나도록 까맣게 탄 외모에 살이 많이 빠져 날씬해지고 예뻐진, 현주 모습. 가방을 열어보니 모든 물건들을 잘 챙겨왔다. 게다가 가족 티와 엄마 아빠는 물론 외할머니, 친할머니, 이모, 친구 것까지 꼼꼼하게 챙겨온 선물을 자랑하는 현주가 너무나 대견하고 사랑스러웠다.

미국행 캠프를 현주가 가겠다고 했을 때부터 무사히 건강하게 잘 돌아올 때까지 나의 마음은 '현주가 세상으로 나아갈 도약의 발판이구나' '앞으로 많은 일을 스스로 선택하고 결정하고 처리할 수 있도록 멘토가 되어주고 지지하고 잘 기다려주고 격려하는 부모, 성숙한 부모가 되어야겠구나' 다짐했다.

6학년 현주를 미국 캠프에 보낼 결심을 하고 실행한 일은, 내 일생을 두고 가장 잘한 일 중 하나라는 생각이 든다. 애초 계획보다 더 많은 시간 동안 현지인들과 생활하며 많은 체험을 하게 해준 도은 샘과, 함께해준 모든 팀원들에게 감사드린다.

✿ 김성경_민정 아빠

1. 출국 이전

아내는 민정이가 미국 캠프 때 가지고 갈 여행 가방 두 개를 며칠째 싸고 있다. 6주 동안 사용할 여행 준비물이 어디 한두 가지겠는가? 집사람이 밤늦도록 고생이 많다.

7월 11일(수), 여름 장마가 끝나고 날씨가 일시적으로 서늘해졌다. 숨 쉬는 게 조금 수월해졌다. 드디어 내일이면 민정이가 미국으로 간다. 우리 딸, 우리 가족, 다들 잠이 올라나? 민정이와 한동안 떨어져 있어야 한다는 게 실감이 잘 안 나는, 긴긴 밤이 속절없이 지나간다.

2. 출국 기간

7월 12일(목), 민정이가 출국했다. 다른 집 아빠들은 가까운 KTX 역까지 차량 운전도 해주고 짐도 들어주고 배웅도 해줄 것이라는데, 출근길에 자고 있는 애를 잠시 깨워 꼭 안아주면서 잘 다녀오라는 말을 건네고 홀로 집을 나섰다. 걸음이 무거웠다.

오늘부터 폭염이 본격적으로 시작된다. 역대급 폭염이다. '아침부터 이렇게 숨 쉬기도 힘든데, 혹시 민정이가 가고 있는 미국은 한국보다 더 덥지 않을까?' 걱정이 많이 되었다. 퇴근 후 아내의 전화기로 공항에서의 기념 촬영 사진과 기내에서 곤하게 자는 모습을 보았다. 에구, 다들 고단하겠다.

미국 도착 후 연일 아내의 전화로 동영상이 전해져왔다. 매일 아이의 활동을 보면서 차츰 안심이 되었다. 특히 데이비드 오렌지 가족을 만난 것은 정말 행운이라는 생각이 들었다.

예상했던 것이지만 가족 한 명이 줄어든 집안이 정말 횡하다. 뭔가 분위기 변화가 필요하다. 그래서 우리 부부는 7월 24일(화) 일본 홋카이도로 6박 7일간 여행을 갔다. 대구 공항을 출발, 홋카이도 신치토세 공항에 도착했다. 7월 25일(수) 오타루, 7월 26일(목) 삿포로, 7월 27일(금) 비에이와 후라노, 7월 28일(토)~7월 29일(일) 노보리베츠를 거쳐 7월 30일(월) 홋카이도 신치토세 공항 출국, 대구 공항으로 귀국.

한국은 폭염인데 그곳은 초여름 아니 초가을 날씨 같아 정말 쾌적했다. 한여름 폭염에는 홋카이도가 최고의 피서지라는 생각이 들었다. 내년 여름휴가는 민정이를 포함한 온 가족이 꼭 다시 와야겠다고 다짐했다.

민정이가 출국하기 전 동네에 있는 본데이 안경점에서 민정이 안경을 새로 맞출 때 경품에 참여했다. 그때 어쩐지 예감이 좋더라니! 7월 31일(화)에 당첨되었다는 연락을 받았다. 민정이는 참 운도 좋아! 그 덕에 아내는 멋진 선글라스를 저렴하게 구입할 수 있었다. 민정아~ 고마워.

아내와 함께 보름 간격으로 두 편의 영화를 봤다. 8월 2일(목) 〈신과 함께 2〉 그리고 8월 15일(수) 광복절에는 〈공작〉. 둘 다 천만 관객 동원에 성공한 명작이었다. 민정이와 같이 봤으면 더 좋았을 텐데…. 특히 〈신과 함께 2〉를 보면서 우리 민정이도 평생 착하게, 주변 사람들에게 선한 영향을 끼치는 사람으로 자라도록 해야겠다고 다짐했다.

8월 16일(목) 한차례 비가 퍼붓고 나서 마침내 지긋지긋한 폭염이 끝났다. 평생 이런 폭염은 처음이었다. 살 것 같다. 그사이 미국 동부 날씨는 줄곧 쾌적하다고 하니 정말 다행이다.

8월 26일(일) 민정이가 귀국했다. 퇴근해 보니 아빠가 온 것도 모르고 자기 방에서 쿨쿨 자고 있었다. 살짝 이마에 뽀뽀만 해주고 자는 모습을 한동안 지켜보다 나왔다. 시차 적응하려면 한동안 고생할 것 같다. '아, 다행이다.' 안도의 큰 숨이 쉬어진다.

3. 귀국 이후

민정이가 태어난 후 12년 동안 6주 5일이라는 긴 시간을 떨어져 지낸 적이 없었다. 그렇기 때문에 이번 미국 캠프 활동 기간 47일, 즉 한 달 보름은 참 많이 허전했다. 마치 뭔가 제 자리에 있어야 할 소중한 물건이 문득 없어진 느낌이라고나 할까? 아니면 커다란 퍼즐 판에서 마지막 퍼즐 한 조각을 찾지 못해 맞추지 못한 느낌이라고나 할까?

하지만 아이가 귀국해서 이렇게 내 곁에 있으니, 사라진 귀중품이 원위치에 다시 놓인 듯 안도감이 들었고, 마지막 퍼즐을 완성한 것 같은 편안함을 느꼈다. 한편으로는 어느덧 날개에 힘이 돌아 둥지를 떠날 준비를 하는 어린 제비처럼 서서히 부모의 품에서 독립할 연습을 미리 하는 것 같아 가슴 한쪽이 아쉬우면서도, 우리 딸이 벌써 이렇게 훌쩍 컸구나 대견하기도 했다.

민정아~ 항상 너를 응원하는, 영원한 민정이의 수호천사 든든한 아빠 엄마가 있다는 걸 늘 명심하고 건강하게 자라줬으면 좋겠구나.

사랑하는 민정아~. 아빠는 민정이가 이번 미국 캠프 활동을 계기로 먼저 각종 활동을 할 수 있는 체력과 정신력을 기르고, 두 번째로 지구촌 아이들과 화목하게 소통하고 협력하는 협동의식을 몸으로 익히고, 세 번째로 세상을 바라보는 넓은 안목과 다양성을 인정하는 포용력을 갖추고, 네 번째로 한 인간으로, 당당한 한국인으로, 성숙한 세계시민으로 행복하게 살아가는 데 꼭

길 위에서 자라는 아이들

필요한 '전문성' '도덕성' '봉사성'을 잘 갖춰야겠다고 스스로 다짐하는 계기가 되었을 것이라고 확신한다!

우리 딸 민정아~. 이러한 다짐을 토대로 앞으로 자신과 가족과 사회와 국가와 세상에 유익한 사람이 되겠다는 큰 뜻과 큰 꿈을 가슴 깊이 품고 살기를 바란다.

끝으로 이번 미국 캠프 활동을 같이 한 지구촌 아이들과 지도해주신 모든 선생님들, 친절한 미국의 데이비드 오렌지 가족과 친인척 및 친구들에게도 진심을 담아 깊이 감사드린다. 다들 건강하고 화목하시기를!

✿ 이상옥_윤오 엄마

우리 부부는 어렵게 얻은 외동아들과 항상, 무엇이든 함께하는 것이 당연하다고 생각해왔다. 그런데 학습동아리 '지구촌 아이'에서 초등 6학년의 미국행을 기획했고, 아이는 스스로 미국행을 선택하고 결정했다. 그동안 했던 부모+아이 프로그램과 달리 이번에는 부모들 동행 없이 아이들만 가기로 결정되었다. 하지만 나는 우리 아이의 미국 캠프 참여를 포기했다. 아이가 나 없이 혼자 갈 수 있을 거라고 생각지 못했기 때문이다. 그

후 아이가 나름 생각해보고 엄마 없이 가겠다고 결정했을 때는 놀라웠고, 사실 섭섭했다.

"뭐든 혼자 해야 해." "엄마, 아빠를 한 달 동안 볼 수 없어."

협박 아닌 협박 속에서도 흔들림 없이 확실한 의사표현을 하는 아이를 보면서 내 아들이 언제 이렇게 컸나 대견하기도 했다. 남편과 많은 대화를 나눈 후 아이를 보내기로 결정했다. 걱정과 불안 속에서도 열심히 캠프를 준비하는 모습을 보면서 우리 아이를 믿어보기로 했다. 사실 아이보다 내가 더 문제였다. 불안과 걱정으로 울기도 많이 울었고, 혹시나 싶어 따로 미국행 항공권을 알아보기도 했다. 아이와 떨어져 긴 시간을 보낼 자신이 없었다. 하지만 불안해하면서도 미국행을 차근차근 준비하는 아이를 보면서 아이와 나 사이에 변화의 시간이 다가온 걸 깨달았다. 내 존재가 이제 아이에게 항상 우선순위가 될 수 없음도 알게 되었다. 또한 아이가 해보고 싶은 일이 나보다 더 중요해지고, 아이 자신의 감정에 충실한 모습을 보면서 아이를 키우는 방식을 바꿀 때가 왔음을 알게 되었다.

준비하는 시간이 넉넉해서 우리 부부도 천천히 마음을 다잡고 아이가 잘 다녀올 수 있도록 응원해주고 함께 흥분하고 설렘도 느끼며 새로운 도전을 시작하는 아이와 함께 행복한 시간을 가졌다. 사실 이번 캠프에서 가장 좋았던 시간은 캠프를 준비하는 서너 달이었다. 흥분, 설렘, 걱정, 불안…. 수많은 감정 속에서 아이와 많은 이야기를 나누었고 남편과도 대화의 시간을 많이 가지면서 사는 것이 바빠 잠시 잊고 있던 가족의 역할, 부모의 역할에 대해 새삼 깨닫고 우리 부부도 성장할 수 있었다. 소중한 그 시간들 덕분에 우리는 서로를 이해하고, 무엇이 우리 가족을 좀 더 행복하고 나은 삶을 살게 할 수 있는지 알게 되었다. 뒤돌아보면 그 시간들이 우리 가족 모두에게 이번 캠프의 가장 큰 수확물인 것 같다.

무사히 잘 돌아온 아이가 들려주는 경험담, 느낌, 생각들을 하나하나 들으며 아이가 얼마나 큰 경험을 했는지, 아이의 생각의 깊이가 얼마만큼 커졌는지 충분히 알 수 있었다.

"엄마, 미국 사람들은 남 눈치 안 보고 자기 하고 싶은 대로 하더라."

"이거 보면서 엄마 생각 아빠 생각 많이 했어. 너무 좋아서 다음에 꼭 같이 가보고 싶어."

"엄마가 나한테 정말 잘해주고, 내가 많이 사랑받은 걸 알겠더라."

아이가 쏟아내는 말들이 고맙고 대견하고 감격스러웠다.

이런 소중한 경험을 할 수 있도록 도와준 모든 분에게 감사드린다. 아이와 우리 부부는 평생 이번 캠프를 잊지 못할 것이다.

아이들을 무사히 잘 보살펴주신 선생님들, 아이들을 위해 물심양
면으로 도움 주신 지구촌 아이 마미들에게도 감사 인사를 드린다.

✿ 장유미_수민 엄마

서원 엄마와의 만남

서원 엄마를 통해 수민이를 유럽으로 보낼 기회가 몇 번 있었
지만 너무 어려서 잘할 수 있을까 망설이다 결국 못 보냈다. 그
러다 지구촌 아이 멤버였던 수빈이네가 미국으로 이사 가는 것
을 계기로 지구촌 아이들과 같이 미국으로 가는 계획을 세웠다.

준비하면서…

일단 자금을 마련해야 했기에 엄마들과 함께 적금통장을 만들
었다. 아이들도 미국행 스케줄에 맞춰 사전준비를 시작했다. 수
영, 마라톤, 사이클, 국학기공 수련, 독서 토론 등을 하는 한편
1년 전부터 사전캠프를 통해 '나는 왜 미국을 가는가?' '미국에서
무엇을 할 것인가?' '미국에 보내주는 부모님에게 어떤 마음을
가지는가' 등을 생각하고 준비했다. 사전캠프는 아이뿐만 아니라
함께하는 엄마들 역시 몸도 마음도 튼튼해지는 계기가 되었다.

길 위에서 자라는 아이들

보내면서…

매주 화요일마다 사전캠프를 하다가 정말 보내는 날이 다가오니 긴장이 되었다. 수민이의 미국행과 함께 별도의 가족여행까지 준비하려니 몸도 마음도 급하기만 할 뿐 진행되는 게 없었다. 준비물 목록에서 빠진 것은 없는지 확인 또 확인…. 그럼에도 울산역으로 가다가 두고 온 물건이 생각나 차를 돌려 집에 갔다 오면서 행여 기차를 놓칠까 조마조마했다.

다행히 늦지 않았다. 아이들 모두를 한 번씩 안아주고 기념사진도 찍으며 긴장된 마음을 애써 감추었다. 하지만 계속 수민이에게 주의를 주며 잔소리를 하고 있는 나를 보니 수민이에게 미안한 마음이 들었다.

평소 자주 보지 못했던 아빠들도 함께 배웅에 나섰다. KTX가 출발하고 나니 내가 할 일은 끝났다. 나머지는 수민이 몫이니 걱정이 되더라도 수민이를 믿기로 했다.

밴드

사전캠프 때부터 개설된 밴드로 사진이며 일정 등을 공유해왔지만, 그게 이렇게 유용하게 쓰일 줄 누가 알았겠는가. KTX, 공항, 비행기부터 시작해서 우리 아이들의 24시간 일거수일투족을 모두 밴드에서 사진으로 공유하니 시간만 나면 밴드에 올라온 사진을 보기 바빴다. 처음에는 엄마들만 가입되어 있었는데 저녁마다 사진을 보여주는 게 귀찮아 아빠들도 초대했다.

사진을 보면서 몸은 한국에 있지만 마음은 어느새 아이들과 함께 몽고메리의 광활하고 푸른 자연 속으로 가 있거나 플로리다 해변에서 게를 잡고 있었다. 워싱턴에서는 자전거를 탔고, 뉴 브루클린 다리를 건넜고, 자유의 여신상에 올랐으며, 브로드웨이를 걸었다.

뜻밖의 경험

여행이라는 게 계획대로 되면 얼마나 좋을까? 한국에 들어오기로 한 날짜가 다가오는데 입국 예정일이 하필이면 태풍이 중부 지방에 상륙하는 날이었다. 지금 생각해보면 미국 일기예보가 더 정확할 테고 거기에 맞춰서 비행기도 운항할 텐데, 엄마들은 태풍 때문에 걱정하다가 결국 입국 날짜를 미루기로 결정했다. 그렇게 며칠 동안 몽고메리 데이비드 아저씨네서 신세를 지고 비행기를 타러 공항으로 출발했지만⋯. 하하하하, 이번에는 비행기를 놓쳤다는 소식에 집단 멘붕이 왔다. 하지만 현지에서 비행기 예약을 다시 하고, 다음 비행기 탈 때까지 숙소를 잡는 등도은 샘의 고생이 이만저만이 아니었을 것이기에 나의 상태는 중요한 게 아니었다.

길 위에서 자라는 아이들

나중에 물어보니 수민이도 오랜 여행에 지쳐있던 터라 비행기를 놓쳤을 때는 너무 화가 났었다고 한다. 그래서 '귀국일을 늦추거나 비행기를 놓치는 이런 경험은 아무나 할 수 있는 게 아니라 좋은 경험'이라고 얘기해줬다. 지금 생각해도 정말 아찔하지만 재밌는 기억이었다.

돌아와서…

어떤 모습으로 돌아올까? 수없이 생각했지만, 아이는 생각보다 훨씬 더 멋진 모습으로 돌아왔다. 일단 외모는 구릿빛 피부에 아주 건강한 모습이었고, 내적으로는 집에서 교육을 해도 잘 안되었던 것들, 예를 들면 감사인사나 자기가 먹은 그릇 스스로 치우기 등이 몸이 밴 듯해서 가장 맘에 들었다. 또한 사후캠프를 통해 뭔가 정리되는 느낌으로 마무리 지을 수 있어서 좋았다.

마무리…

여행, 그러면 패키지만 생각했던 나에게 '이런 여행도 있구나' 하는 것을 일깨워준 경험이었다. 나와 수민이에게 값진 경험을 하게 해준 도은 샘과 함께해준 친구들, 엄마들에게 감사드린다.

✿ 송미진_준호 엄마

　　도은 선생님은 남편을 통해 만나게 됐다. 도은 선생님과 같이 사이클 팀 활동을 하면서 아이들의 미국 캠프 계획을 알게 되었다. 남편과 나는 좋은 기회라며 보내기로 했는데, 정작 준호는 부모님 없이 혼자 가는 것이 부담된다며 생각해 보겠다고 했다. 미국을 한 달 반 동안이나 돌아볼 수 있는 기회가 흔치 않기 때문에 몇 날 며칠 동안 아이를 설득했다. 마침내 준호도 지구촌 아이들과 함께 떠나게 되었다. 그러자 이번에는 우리에게 걱정이 생겼다. 오랜 시간 함께해왔던 '지구촌 아이'에 뒤늦게 합류한 데다 나이도 한 살이 어렸기 때문에 혼자 힘들어하진 않을까 하는 걱정이었다. 함께해온 시간이 다르다 보니 서로를 이해하는 데 시간이 필요하다는 생각도 들었다.

　　사전캠프가 시작되었다. 매주 화요일, 준호를 데리고 북구에서 남구 무거동, 구영리까지 울산 끝에서 끝을 오가며 사계절을 다 보냈다. 하지만 하나도 힘들지 않았다. 아이들이 너무 밝고 사랑스러워 오히려 내가 더 힘을 받고 왔다. 아이들을 만나 수업을 함께하고 엄마들과 같이 시간을 보내는 것이 즐거웠다. 한 해 동안 사전캠프를 하면서 처음 했던 걱정들이 사라지고 무사히 잘 다녀오길 바라는 마음만 간절해졌다.

인천공항을 출발해서 미국 도착하기까지 사진들이 '밴드'에 올라왔다. 기다리던 사진이라 정말 반갑고 기뻤다. 그날 이후, 수시로 올라오는 아이들의 사진을 보며 감사하는 마음으로 하루하루를 보냈다. 계획적으로 바뀐 생활습관과 나날이 성장해 가는 아들이 대견하고 사랑스러웠다. 미국 생활 그 자체도 값진 경험이지만 철인3종 경기를 통해 한층 더 성숙해지는 것 같았다. 앞으로 살아가면서 겪게 될 힘든 일도 잘 이겨낼 것 같았다.

아이들이 출국하고 2주 뒤, 포커스 팀의 멤버였던 남편은 몽고메리로 전지훈련을 떠나 아이들과 합류했다. 남편이 보내준 사진을 보니 준호의 표정이 더 밝아진 것 같았다. '아빠 효과' 덕인 것 같았다. 어린 나이에 부모와 떨어져 생활하는 것이 쉬운 일은 아닐 텐데, 낯선 여행지에서 아빠와 함께할 수 있었던 건 준호에겐 정말 행운이었을 것이다. 길지 않은 시간이었지만 준호는 아빠와 함께 시간을 보내고 추억도 쌓으며 차츰 미국 생활에 적응해 나가는 듯했다.

어느덧 아이들이 귀국할 시간. 비행기를 놓쳤다는 소식에 다들 걱정이 컸지만 다행히 모든 것이 잘 해결되어 지구촌 아이들과 선생님들은 무사히 귀국했다. 한 달 반 만에 건강하게 돌아온 아들을 보니 부쩍 자란 것 같았다.

집에 돌아온 준호는 시차도 무시한 채 며칠 동안 줄곧 잠만

잤다. 편안한 집에서 긴 여행의 여독을 푸는 듯한 아들의 모습은 그저 보고만 있어도 얼굴에 미소가 번진다.

'사랑한다 내 아들 이준호! 무사히 다녀와준 것만으로도 고마워!'

이런 멋진 경험을 하게 해준 도은 선생님께 감사드린다. 함께 준비하고 지지해준 지구촌 아이들의 엄마들께도 감사를 드린다. 엄마들이 있어서 가능한 도전이었다. 지구촌 아이들의 형·누나들도 막내 준호를 잘 보살펴줘서 정말 고마워~. 모두 수고 많았어요. 함께해준 선생님들과 오렌지 가족께도 감사 인사를 전하고 싶다.

특히 한국에 돌아온 뒤 열린 사후캠프를 통해 여행의 마무리를 멋지게 할 수 있어서 더욱 좋았다. 앞으로도 이런 프로그램이 많이 생겼으면 한다.

🌸웨스트 마커스(West Marcus)

　　나는 박도은 선생님이 미국의 역사를 주제로 여행 중일 때 알게 되었다. 나는 25년 동안 공립 유치원 교사였으며 앨라배마주 몽고메리와 모바일의 빈곤계층 아이들을 위한 'Head Start'에서 8년 동안 가르쳤다.

　나는 미국에서 여름을 보내면서 계속 수업을 이어가기로 한 그녀의 아이들과 그녀가 나누는 상호작용을 관찰하고 이해할 수 있었다. 도은 선생님은 여태껏 내가 본 가장 열정적이고 에너지가 넘치는 사람 중 하나다. 흔히 '10대'라 부르는 그녀의 학생들은, 미국에서도 마찬가지지만, 성장기 아이들이자 가장 다루기 힘든 아이들이라 생각한다.

　도은 선생님은 학생들의 스케줄을 관리하는 데 전혀 어려움이 없으며, 한국에서 미국으로 오는 모든 여정을 준비하고 계획을 세우고 필요한 서류작업이나 숙박시설 확보, 비자 그리고 자전거를 가지고 오는 등 관련된 일은 말할 것도 없이 현장학습이나 식사 준비까지 혼자 감당했다.

　시민평등권 역사가 풍부한 앨라배마주 몽고메리를 여행하는 동안에 나는 학생들을 이끄는 그녀의 능력이 충분하다는 것을 볼 수 있었다. 여러 차례 함께 여행을 하면서 도은 선생님이 제대로 된 한국 전통춤을 대중에게 보여주기 위해 체계적으로 준비하는 것을 볼 수 있었다. 관객들은 열렬한 박수로 감사를 표시했다.

앨라배마의 몽고메리는 1865년에 끝난 '남북전쟁'의 역사적인 장소이다. 이곳은 '동맹의 요람'이라 불리며 '시민평등권 운동의 탄생지'로 불린다. 도은 선생님은 미국의 진정한 투쟁을 가르치기 위해 이러한 역사적인 곳들을 보여주었으며, 헌법을 대표하는 정부에 대해 이해할 수 있도록 가르쳤다.

나는 다양한 상황 속에서 그녀가 학생들을 어떻게 지도 감독하는지 볼 수 있었다. 그녀는 지켜야 될 규율들을 잘 유지하고 영어와 한글로 수업을 이끌었다. 나는 학생들이 도은을 잘 따르는 것을 보고 놀랐다.

또한 국제여행과 미국 내 여행을 포함하여 여행에 대한 모든 것들, 예를 들면 잠잘 곳을 구하고 교통수단과 음식도 직접 챙겼다. 교사이자 투어 가이드 역할을 혼자 다 해내는 것을 보고 놀랐다.

그녀는 미국의 수도를 둘러본 다음 뉴욕으로 갔다. 그럼으로써 아이들은 널리 미국을 직접 경험하며 다양한 미국인들의 삶을 체험할 수 있었다. 이 여행이 끝난 후 그들은 몽고메리로 돌아왔고 한국으로 돌아가기 위한 준비를 시작했다. 도은 선생님에 대한 나의 개인적인 의견을 덧붙인다.

나는 수백 명의 교사와 함께 일해왔으며 관찰해봤다. 한국어를 이해하지 못함에도 불구하고 그녀의 가르침과 커리큘럼, 학생들을 잘 다루고 조직하는 기술에 있어서 그녀는 굉장히 특출하다. 미국의 '트윈스'(Tweens)에서 흔히 볼 수 있듯, 아이들은 특별한 반항 없이 그녀를 잘 따랐다. 그녀는 자연스럽게 신체활동을 수업으로 녹아들게 했으며 아이들은 합숙이나 친목활동, 식당, 쇼핑 등 모든 부분에서 훌륭하게 행동했다.

도은 선생님에 대한 개인적인 의견을 다양한 사회적 맥락에서 보태면, 나는 멕시코 식당에서 자전거 동호회 사람들과 함께 그녀를 처음 만났는데 그들 대부분은 페이스북으로 연결된 온라인 친구들이었다.

한 가족인 데이비드와 넬 오렌지, 부모님, 조부모님 그리고 헌신적인 친구들은 비공식적인 임무를 맡았다. 여기에는 6·25전쟁 중 국경이 폐쇄되어 북한으로 돌아가지 못했던 한(Han)도 포함되어 있다.

도은 선생님은 앨리배마주에서 이 가족에 의해 친구로 받아들여지고 안내를 받았다. 그녀는 서로를 존중하고 세대와 문화를 넘나들며 지속적인 우정을 만들어내는 묘한 능력을 가지고 있다. 나는 틀림없이 이것은 신이 부여한 재능이며 아주 귀한 능력이라 생각한다. 페이스북에서 그녀를 팔로우하는 다양한 인종과 사회적 지위의 사람들 모두가 훌륭한 운동선수로서의 경쟁력과 의심의 여지가 없는 탁월함에 진심으로 감탄하고 있다.

오렌지 가족과 나는 모두 도은 선생님과 온라인으로 지속적으로 연락하며 지내고 있다. 현재의 팬데믹 상황이 은퇴 생활을 하고 있는 우리의 일상을 다소 혼란스럽게 했지만, 우리 삶의 계획에는 어떠한 영향도 끼치지 못하리라는 것을 안다. 우리는 도은 선생님을 교사로서, 설계자로서, 무엇보다도 어머니로서 관찰해왔다.

그녀는 놀라운 능력을 가진 탁월한 인간이며, 신은 그녀에게 그러한 재능을 주었다.

Teacher Doeun Park, has ask me to document some of my thoughts. as I got to know her, while she was on a tour of the history of the United States of America.

I was a certified Early Childhood Teacher for 25years, plus a 'HeadStart' teacher of poverty level children in Montgomery and Mobile, Alabama for eight years. I was able to observe and follow her interactions with her group of children who had chosen to spend their summer in the USA, while continuing their studies.

Teacher Doeun is one of the most enthusiastic, ball of energy, I have ever met. Her group of students, all of whom are in a category we often call 'tweens', (all between 12 and 16 years of age) while they were here. Many in the USA, think of these ages, as the difficult years, of young mat during children.

Teacher Doeun had no problem managing their schedules. She was able to coordinate various educational trips, feeding schedules, not to mention all the planning necessary to arrange transportation from The Republic of South korea, to the USA, all the necessary paper work, living accommodations, visas, and shipping of their bicycles.

While touring the Montgomery, Alabama area, rich in Civil Rights history, she demonstrated the ability to direct her young charges, Handle all the finances involved with their trip, personal needs and occasional Souvenirs.

Upon several trips I observed Teacher Doeun, organize public displays of authenic Korean dances for the enjoyment of patrons, in several venues. The public showed appreciation with enthusiastic applause.

Montgomery, Alabama is a city rich in History of both the 'Civil War'ending in 1865. and the "Bus Boycott". Our city is called the 'Cradle of the Confederacy'.; and also the 'Birth Place of the Civil Rights Movement'. Teacher Doeun was able to use these historical sites to teach the real struggles of the USA, to teach understanding of Constitutional Representative, Government.

I was able to observe Teacher Doeun, as she supervised the children in many situations, during her visit. I was amazed at the respect the children showed to her, as she maintained discipline and taught lessons in English and Korean. Teacher Duone Park, has ask me to document some of my thoughts . as I got to know her, while she was on a tour of the history of the United States of America.

Teacher Doeun was responsible for all the logistics of the trip, which included all travel international and domestic here in the USA, All rental of housing and transportation, and food while being the teacher and tour guide. She was amazing. She packed up the children and she went to Washington, D.C. to tour the USA capital; then moved on to New York City, so the children got a broad exposure to the United States and a variety of Americans and life here.

After this tour, they returned to Montgomery and began arrangements to return to the Republic of Korea.

Please allow me a personal opinion of Teacher Doeun: I have worked and observed hundreds of teachers. Even though I do not understand the Korean language, I understanding teaching, command of curriculum, control of young people and organizational skills. Teacher Doeun is exceptional. The children responded with obvious respect, and no rebellion, as can often be observed in American "Tweens". She was able to switch from physical activities to lesson plans with no obvious conflicts.

The children were wonderfully well behaved both at their living accommodations, social gathering, restaurants and Shopping. Please allow me some personal observations of Teacher Doeun in a variety of social settings. I first met her in a Mexican restaurant with a group of cyclist, many of whom remain distant friends connected by Facebook. One family, David and Nell Orange; Parents, grandparents and dedicated friends took the unofficial duties of adoptive friend. This included a family friend . Han,an expatriate of North Korea who was out of the country when the border closed during "the Korean War". Teacher Doeun was adopted and assisted with guidance in the state of Alabama, by this family . Teacher Doeun has the uncanny ability to generate, mutual respect, and lasting friendships across generations and cultures. I think this is a rare ability that must be a God given talent, there are people of all races and social standing who follow her on Facebook, genuinely admiring her ability to compete athletically, and maintain a character of unimpeachable excellence. Both the Orange family and I, have been able to stay in contact and up to date with Teacher Doeun with the electronic communications. We know the current Pandemic has disrupted all of our lives, but far less, for those of us who are retired, and not having to plan our careers. We have observed Teacher Doeun as a teacher, planner, and most of all a mother.

길 위에서 자라는 아이들

She is an exceptional individual, with amazing abilities, and God given talents.

🌸 엘렌 러셀(Ellen Russell)

제 이름은 엘렌 러셀입니다. 저는 42년간 미국 연방 정부의 공무원으로 일하다 은퇴했는데, 전력사업을 하는 미국 에너지국에서 대부분의 경력을 쌓았습니다. 남편 또한 그만한 긴 경력을 연방정부에서 쌓고 은퇴했습니다. 저는 여행과 미국 역사에 대해 매우 깊은 애정을 가지고 있고, 수도 워싱턴에서 불과 몇 분 거리에 살고 있는 운이 좋은 사람입니다.

도은과 그의 어린 학생들 그리고 호기심 덩어리들을 만나는 것이 얼마나 큰 즐거움이었는지 모릅니다. 저는 교육은 교실 내에서의 가르침 그 이상을 담아야 하며, 다른 나라를 방문하거나 다른 문화에 대해 알아가는 것은 수업 내용을 명쾌하게 이해하는 데 보탬이 된다는 걸 굳게 믿습니다. 워싱턴에 머무는 짧은 시간 동안 대부분의 관광객이 보고 싶어하는 관광지와 함께 다른 관광객들이 전혀 알 수 없는 곳을 그들에게 소개하는 것이 너무나 기뻤습니다.

워싱턴은 평소에도 덥지만 8월은 정말로 덥기 때문에 여행하기에 별로 이상적인 시기는 아닙니다. 저는 그들과 첫 만남을 세계에서 가장 큰 도서관이자 가장 아름다운 건물 중의 하나인 미국 의회도서관에서 가질 것을 요청했습니다. 처음 만났을 때 정말 수줍음이 많은 소년소녀들이구나 생각했지만, 곧 그들은 남을 배려하고 경청하는 공손한 친구들이라는 것을 알게 되었습니다. 그들은 워싱턴 방문 첫날에 도서관을 둘러보는 것이 좀 특이하다고 생각하는 듯 보였지만, 저는 우리의 역사 속에서 도서관이 얼마나 중요한지 설명했습니다.

본래 국회의사당 건물에 자리 잡고 있던 도서관은 '1812년 전쟁' 당시 영국에 의해 불탔습니다. 관광객들은 열람실 안으로 들어갈 수 없게 되어 있지만 우리는 질문에 답을 해줄 수 있는 해설 가이드와 함께 열람실을 훑어볼 수 있도록 허가를 받았습니다. 파괴되었던 도서관을 재건하기 위해 제3대 대통령이었던 토마스 제퍼슨이 기증한 3,000권의 책을 볼 수 있었습니다. 위에서는 열람실만 내려다볼 수 있었던 반면에 아이들은 어린이도서관에 들어갈 수 있었습니다. 그곳에서 도은은 동그란 책상에서 학생들과 작문 연습 수업을 했습니다.

도서관을 거쳐 미국 국회의사당을 둘러본 뒤 학생들은 한국의 전통 복장으로 갈아입고 의사당의 돔과 많은 관중들이 보이는 곳에서 전통춤을 추었습니다.

미국 국립미술관을 지나 역사적인 옛 우체국 건물로 들어갔습니다. 강철 상부구조로 지어진 워싱턴 최초의 건물이자 최초로 전기배선이 들어간 건물이었는데 이제는 트럼프 호텔이 되었습니다. 관광객에게 잘 알려지지 않은 이 건물의 시계탑은 워싱턴을 한눈에 내려다볼 수 있는 멋진 풍경을 선사해줍니다. 워싱턴 기념비 꼭대기에 있는 작은 창문보다 훨씬 더 좋습니다.

아이들과 함께 방문한 몇 군데는 제2차 세계대전 기념관이었습니다. 이곳의 가이드로 있는 제 친구가 기념비와 링컨기념관, 대통령이 머무는 백악관의 중요한 의미에 대해서 아이들에게 설명해 주었습니다. 아이들은 아름다운 건물이지만, 백악관이 한국의 궁보다 작고 덜 웅장하다고 덧붙이더군요.

다음날 우리는 국립건축박물관에서 만났습니다. 아이들이 좋아할 만한 '펀하우스'(Fun House) 전시회가 있어서 선택한 곳입니다. 펀하우스 전시에는 거품처럼 하얀 플라스틱 공으로 가득 찬 수영장도 있었습니다. 아이들은 정해진 시간이 끝날 때까지 뛰어놀았습니다. 그런 다음 건축과 디자인의 예술 과학에 기울인 다른 방들도 호기심 가득한 모습으로 둘러보았습니다.

우리집에서 전통적인 미국식 야외 바비큐 요리를 먹고, 사진을 찍고, 마지막 작별 인사를 했습니다. 저는 아이들이 워싱턴에서 보내는 짧은 시간을 충분히 즐기고, 우리 역사에 대해 배우고, 우리나라나 다른 나라들을 다시 방문하는 꿈을 지니고, 서로 다른 문화를 배우고 체험하며 다른 사람들이 세계를 여행하고 경험하게끔 영향을 주는 이들이 되기를 진심으로 바랍니다.

My name is Ellen Russell. I retired following a 42-year career with the U.S. Federal Government, most of my career was with the Department of Energy working with the electric power industry. My husband also retired after a lengthy career in the Federal Government. I have a great fondness of travel and American history and am lucky to live only minutes away from Washington D.C.

It was such a joy to meet Doeun Park and her group of young and inquisitive charges. I am a firm believer that education must include more than classroom studies and that visiting other countries or learning of other cultures adds a more clear understanding to those lessons. Because the group's time was so short in Washington D.C., it was a real pleasure for me to introduce them to some tourist attractions most visitors want to see, and some visitors would not have known of.

August is far from an ideal time to visit Washington D.C., it is usually hot, and it was really hot this time! For our initial meeting I asked to be met at The Library of Congress, the largest library in the world, and, in my opinion, one of our most beautiful buildings. At first meeting I thought this a very shy group of boys and girls, but later learned they were not shy as much as very attentive and respectful young people. They seemed to think visiting a library on their first day in Washington D.C. a bit odd, but I explained the significance of the Library to our history. The Library had been housed in the Capitol building when it was burned by the British in 1814, along with the White House, during America's "War of 1812". Tourists are not allowed onto the Reading Room floor but we were allowed into an overlook area with an informative guide who could answer questions. We were then able to see the 3,000 books given to the Library by Thomas Jefferson (our 3rd President) to reestablish the destroyed Library. While only able to view the main reading room from above, the kids were able to visit the Childrens Library where they sat at round tables as Doeun lead them in a writing exercise. From the Library we toured the Capitol of the United States before the young people changed into their costumes to performed a traditional dance in sight of the Capitol Dome and many, many spectators.

From the Capitol we walked through the National Gallery of Art and on to the historic Old Post Office Building, the first building built in Washington with a steel superstructure and the first building with electric wiring; now the Trump Hotel. The Clock Tower of the building, a site not known to many tourists, provides a great overlook of all of Washington, D.C., much better than the small windows at the top of the Washington Monument (which was closed to the public during this visit). Some of the other sites visited were our World War II Memorial where a friend of mine is a guide and spoke to the kids of the significance of the memorial, the Lincoln Memorial, and the White House, home of our President. The kids did comment that while a beautiful building, our President's home was much smaller and far less grand than South Korea's royal palace.

The following day we met at the National Building Museum.
I chose this museum because it had a temporary exhibit of a
Fun House I thought the kids would enjoy. The Fun House
included a "swimming pool" filled with white plastic balls, like
bubbles. The kids had such fun jumping into and playing in the
ball pit until our allowed time had expired. They then explored
other rooms in this building dedicated to the science of
architecture and design.

We concluded our visit with a traditional American barbecue
cookout at my home, took pictures, and had our final
goodbyes.

I hope the kids enjoyed their brief time in Washington, D.C.,
learned something of our history, have been encouraged to visit
us again, or other countries, learn of and participate in
different cultures, and influence others to travel and experience
our world.

✿ 넬 킹 오렌지(Nell King Orange)

　저는 자전거 그룹 라이딩에서 도은을 만났습니다. 도은은 사나흘 전 미국에 막 도착한 참이었죠. 남편과 저는 그녀와 그녀가 데려온 학생들의 여행계획에 대해 알게 되었고, 여러 가지 다양한 활동에 그들을 초대했습니다. 이번 여름을 함께 보낸 손녀들 그리고 도은과 그녀의 학생들과 함께 여러 가지 활동을 무척 재미있게 했습니다. 아이들은 함께 어울리면서 서로 다른 문화적 차이를 알게 되는 기회가 되었죠.

　모든 경험이 배움의 기회가 되었고, 우리는 획기적이고 창의적인 도은의 교수법에 무척 감명을 받았습니다. 그녀의 학생들은 매일 수업을 들었을 뿐 아니라 중요한 인생의 교훈에 대해서도 배웠습니다. 도은은 학생들에게 그들의 경험과 느꼈던 감정에 대해 매일 에세이를 쓰도록 했고, 학생들 스스로 자신의 용돈으로 예산을 세우는 방법에 대해서도 가르쳤습니다. 신체적 활동과 건강한 생활에 대한 배움은 당연히 포함되어 있고요.

　매우 잘 구성된 그리고 모든 중요한 가르침이 포괄적으로 담긴 아주 훌륭한 프로그램입니다. 여행이 끝날 즈음, 우리는 학생들이 영어 말하기 능력에서 굉장한 발전을 이룬 것을 알았습니다.

　도은의 긍정적인 태도와 샘솟는 에너지는 우리의 열의도 복돋

길 위에서 자라는 아이들

아 주었습니다. 그녀는 가는 곳마다 자연스럽고 쉽게 친구를 사
귀었습니다. 우리는 함께 박물관을 가거나, 배를 타거나, 카약을
타는 걸 즐겼을 뿐 아니라 바닷가에서 며칠을 함께 여행하며 시
간을 보내기도 했습니다. 그녀와 그녀의 학생들은 미국에서의
마지막 삼일을 우리의 집에서 함께 지냈어요. 그렇게 함께한 많
은 시간들 속에서 우리의 우정은 깊어졌지요. 다시 만날 날을 무
척 기대하고 있습니다.

Doeun and I met on a group bicycle ride. She had just arrived
in the United States a couple of days before. When my husband
and I learned about her trip and the students she had brought
with her, we began inviting them to different activities. We
have grandchildren that spend the summer with us and
including Doeun and her students on those activities was a lot
of fun. The children all benefited by learning about some of the
cultural differences.

Every experience is a learning opportunity and we were so
impressed by Doeun's innovative and creative teaching
methods. Her students had daily lessons but also learned many
important life lessons. She would have them write a daily

journal about their experiences and feelings and, also, how to budget their allowances. Physical activity and health were also included in their daily learning. It was such a well designed and all-inclusive program. By the end of her trip we could notice a great improvement in the students English speaking abilities.

Doeun's positive attitude and seeming endless energy was very inspiring. She easily made friends wherever she went. We enjoyed many local activities such as museums, a river boat ride, kayaking on the river, but also traveled together to spend a few days at the beach. Doeun and her students also stayed with us in our home the final three days of her trip. The students were very well mannered and fun to have in our home. After having spent so much time together we have formed a great friendship and look forward to future visits.

"잘했어 엄마!"

두 번의 미국 캠프에서 '대륙의 쓴맛'을 본 뒤, 이듬해 여름·겨울 캠프는 하와이에서 진행했다. 하와이 겨울 캠프를 마칠 때쯤 코로나19가 전 세계를 덮쳤다. 어디에서도 마스크를 구할 수 없었다. 결국 하와이에 있는 친구들을 몽땅 동원, 어렵사리 마스크를 구해 귀국했다. 그때만 해도 하와이 겨울 캠프가 지구촌 한 바퀴의 마지막이 될 줄은 꿈에도 상상하지 못했다. 2020년, 생전 처음 겪어보는 팬데믹 상황 속에서 해외 캠프를 모두 취소하고, 여름과 겨울 캠프를 모두 한국에서 열었다.

서원이의 등교가 차일피일 미뤄진 데다 나 역시 새 학기 프로그램과 강의 일정 등이 모두 취소되면서 아이와 함께 구영리를 중심으로 소소한 일상을 꾸려가기 시작했다. 잘 정돈된 울산의 자전거도로를 따라 큰이모·작은이모·할머니 집을 차례로 둘러

보는 50km 라이딩을 하며 학교에 가고 싶어하는 서원이의 마음을 달래주었고, 저녁에는 강변에 나가 달리기를 하기도 했다. 외출 자제령이 내려졌을 때는 책읽기와 투자 공부, 떡 만들기 등 자기 효능감을 느끼면서 몰입할 수 있는 것들을 찾아 둘만의 시간을 보냈다. 그리고 틈틈이 '지구촌 한 바퀴 프로젝트'의 기억을 떠올리며 하루 한 편씩 글쓰기를 했다.

처음에는 마음 가는 대로 자유롭게 쓰다가 글쓰기 교실에 나가 지도를 받으며 매일 두 장 분량의 글을 꾸준히 썼다. 아이들이 미국에서 썼던 일기장, 스케줄러, 밴드에 남겨진 수많은 영상과 사진들을 보면서 뜨거웠던 2019년 미국에서의 여름을 차근차근 정리했다. 어떤 날은 용솟음치는 글발에 8시간 동안 꼼짝 않고 앉아서 글을 쓰기도 했다. 47일 동안 아이들과 함께했던 기억들을 하나하나 써 내려가며 혼자 울고 웃고, 새로운 의미를 부여하며 나 자신의 내면과 만나는 시간을 가졌다. 한편으로는 그날들의 기쁨과 감동을 통해 내 마음 깊숙이 숨어있던 고단함을 스스로 위로하는 시간이 되었다. 진통 속에서 하나의 알을 깨고 새로운 세계로 나아가듯 듯한 기분이랄까? 문득 오래전 읽었던 헤르만 헤세의 〈데미안〉의 한 구절이 떠올랐다.

"새는 알에서 나오려고 투쟁한다. 알은 세계다. 태어나려는 자는 한 세계를 깨뜨려야 한다. 새는 신에게 날아간다. 신의 이름은 아브락사스다."

과연 나의 신은 누구일까? 아직은 그 답을 찾는 과정이겠지만, 이렇게 글을 써 내려가는 행위 그 자체가 나에게는 47일 동안의 수고스러움에 대한 큰 보상이었다.

지구촌 아이들과 미국 캠프를 꼬박 1년 동안 준비하면서 '지금 멈추어도 괜찮아' 하는 생각을 여러 번 했었다. 글을 쓰면서도 '지금 멈추어도 괜찮아' 하는 생각이 여러 번 들었다.

A4 150페이지 분량의 긴 원고의 마지막 문장에 마침표를 찍었던 어느 무더운 여름날, '도서출판 내일을 여는 책'과 인연이 닿았다. 보자마자 '무위자연'이 느껴졌던 김 대표님은, 서울이나 대도시가 아닌 '전북 장수'의 산골에서 농사를 지으며 책을 만드는 남다른 분이었다. 출판사에 대한 설명을 듣자마자 긴 얘기 접어두고 '내일을 여는 책'에서 내 책을 내기로 결정했다.

"지구촌 아이들 덕분에 이런 글이 나왔어요."
"이 글을 통해 도은 샘 내면이 치료되었으니 출판사에 치료비를 내셔야겠네요."

"코로나19 때문에 집에 갇혀 있다보니 나와도 벌써~ 나왔어야
할 원고가 이제야 마무리되네요!"
"이 날것의 글들은 우리 출판사에서 잘 정리해드리겠습니다."

마지막까지 원고 작업에 함께해준 지구촌 아이의 엄마들께
진심으로 고마움을 전한다. 아울러 '호기심 천국'인 나와 지구 한
바퀴 여정을 함께하며 낯선 환경 속에서 나 자신의 새로운 모습과
무한한 잠재력을 찾게 해준 지구촌 아이들에게도 감사함을 전한다.
아직은 서툰, 다듬어지지 않은 원고의 겉모습보다 속에 담긴 알
맹이를 찾아 먼저 손 내밀어주신 〈내일을 여는 책〉 김완중 대표님
과 거칠게 써 내려간 나의 글을 세상 사람들과 나눌 수 있도록 가지
런히 만들어주신 이헌건 편집장님께도 감사함을 전하고 싶다.
앞으로 어떤 도전을 해 나가고 나의 일상을 어떻게 꾸려 나갈지
아직은 모른다. 하지만 분명한 것은 아이들은 나도 몰랐던 내
능력을 발휘하게 만들었고, 더 강인해지도록 했고, 더 깊어지고
넓어지도록 했다. 또한 우리는 함께한 마일리지 덕분에 서로에게
가장 좋은 친구이자 동료, 반려자가 되었다.

마지막으로 이 책을 덮으며 여전히 아이들을 위해 무엇을 해야
할지 고민하는 분들에게 무엇이든 일단 도전하고, 행동에 옮겨

보라고 말하고 싶다. 하지만 더욱 중요한 것은 무엇에 도전하건, 어떤 시도를 하건 그것을 행동에 옮길 수 있는 체력을 먼저 길러야 한다고 조언하고 싶다.

지금껏 살면서 내가 가장 잘한 일은 서원이와 함께 운동을 하고, 철인 3종이라는 같은 취미를 가진 것이다. 그래서 이 책의 마지막도 '달리기' 이야기로 맺고 싶다.

코로나 때문에 온라인 수업이 계속되던 어느 날 저녁, 여느 때처럼 아이와 달리기를 하러 강변으로 나갔다. 아이는 뭔가 불만이 가득 차 코가 부릉부릉하고 있었지만 나는 아무것도 눈치 채지 못한 척 말을 걸었다.
"오늘 달리는 날이네? 나갈까?"
"응~."
한마디를 시크하게 날리고는 무표정하게 러닝화를 신고 있는 아이에게 뭐가 불만인지 묻고 싶은 마음이 굴뚝 같았지만 그냥 참고, 눈을 질끈 감았다. 아이가 매일 꾸준히 운동을 했으면 하는 바람과, 혼자 달리기 싫은 마음이 가득했기 때문이다. '일단 강변으로 나가면 달릴 테니까, 달리고 나면 또 새로운 기분이 찾아올 거니까!' 하는 마음으로 궁금함을 누르고 강변으로 나갔다.

강변에는 산책을 나온 주민들이 많았다.

"시이작! 대숲까지 달려갔다 오는 거야!"

소리를 치고 달리기를 시작했다. 그런데 채 몇 발을 떼지도 않았을 때 서원이가 발을 멈추고 물었다.

"엄마는 달리는 게 행복해?"

"응! 좋아!"

"그럼 엄만 맨날 노는 거네?"

"뭐? 이게 뭐가 노는 거야? 운동하는 거지!"

"행복하다며? 그럼 노는 거지!"

"행복하면 다 노는 거야? 그럼 넌 학교도 놀러가는 거네?"

"그렇지! 난 학교에 놀러가는 거야~."

갑자기 말문이 막혔다. 억울한 마음이 마구 올라왔다. 분명한 목적이 있는 나의 아름다운 달리기를 감히 노는 것이라 표현하다니! 하지만 반박할 수가 없었다.

생태관을 출발해 대나무 숲을 돌아오는 7km 40분 코스 내내 설전이 이어졌다. 땀에 흠뻑 젖어 숨을 거칠게 내쉬면서도 아이는 내게 계속 쏟아부었다.

"엄마는 엄마 행복한 거 만날 하잖아! 엄마는 엄마 힘든 것 안 하잖아!"

"넌 뭐 그럼 행복한 거 안 하니? 그리고 너도 힘든 거 안 하잖아!"

길 위에서 자라는 아이들

"달리기가 얼마나 힘든데! 그리고 안 행복한 것도 엄마 때문에 하는 게 얼마나 많은데!"

그러더니 아이는 갑자기 속도를 올려 부웅~ 먼저 달려나갔다.

나도 속도를 올려 따라붙었다. 뭐라고 따지고 싶었지만 숨이 차서 일단 따라붙는 게 급선무였다. 땀에 흠뻑 젖은 아이는 숨을 헐떡이며 자꾸 속도를 올렸다. 나도 빠르게 보폭을 넓혀 다리를 쭉쭉 뻗었다.

어느새 다시 출발선, 서원이는 상체를 숙인 채 거친 숨을 몰아쉬는 내 머리를 쓰다듬으며 한마디를 툭, 던졌다.

"잘했어 엄마!"

황당했다. 이게 미쳤나 싶기도 하고, 한바탕 심장이 터질 듯 심박을 올린 뒤 쏟아지는 땀에 개운하기도 했다. 그리고 알게 되었다. 아이의 눈에 엄마는 매일 꼬박꼬박 행복한 일을 하는 사람이라는 것을.

달리기는 우리에게 말할 수 없는 동질감과 말할 수 있는 기회, 소원하다가도 다시 거리가 가까워지는 일상의 기적을 가져다주었다. 어릴 때는 내가 아이를 격려하고 응원하는 입장이었지만, 이제 엄마보다 제법 커버린 아이는 어느새 엄마의 몸과 마음을 더 쫀쫀하게 단련시켜주는 사람이 되었다.

청소년 아들과 소통이 어려운 엄마들에게 함께 달리기를 권하고 싶다. 하루 이틀 사흘, 꾸준히 아이와 함께 달리다 보면 어느새 마음의 거리도 좁아지고 아이의 목소리에 귀 기울일 수 있는 기회가 만들어지기도 한다. 그러다 보면 아이는 가슴속에 있는 말들을 하나씩 툭툭 꺼내어 줄 것이다. 그렇게 툭툭 던진 하나하나가 쌓여 나와 아이를 연결해 주는 무언가로 만들어져 간다. 더불어 어느새 튼튼하게 바뀐 체력은 함께 사랑할 수 있는 힘, 원하는 것을 할 수 있는 힘으로 작용할 것이다.

2021년 7월
박도은

길 위에서 자라는 아이들

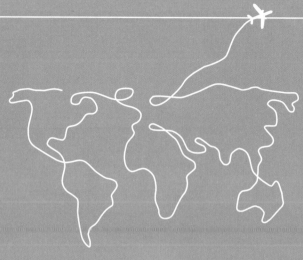

Photo
Essay

기억보다 긴,
추억보다 짙은

▲지구촌 여행 가운데 가장 어린 아이들과 함께할 긴 여행을 앞두고 장장 1년 동안
사전캠프를 진행했다.

▲데이비드 아저씨네 집에서 열렸던 한국 음식 파티.
아이들은 포커스 팀보다 어머니들께서 정성스레 싸서 보내주신 고추장과 된장
등 한국 음식을 더 반겼다.

▲드디어 만난 지구촌 아이들과 오렌지 가족들.

▲미국에서 직접 철인3종 대회에 출전하기 위해 수영스쿨과 농구캠프, 카약, 래프팅 등의 레저 투어를 하면서 몸을 다듬었다.

▲미국 현지에서 참가한 오페리카 키즈 트라이애슬론(Operika kids triathlon race)에서는 모든 지구촌 아이들이 완주를 했다. 경기가 끝난 뒤 아이들은 신나는 태극공연을 선보였다. 1위를 차지한 서원이와 3위를 차지한 윤오, 그리고 상은 받지 못했지만 공연에 함께한 지구촌 아이들이 모두 시상대에 올랐다.

▲ 워싱턴 광장에서 펼쳐진 전통무예공연.

▲뉴욕 여행 둘째 날, 자유의 여신상 앞.
아이들은 시원하게 불어오는 바닷바람에 뒤섞여 흘러나오는 음악에 맞춰
우리의 긴 여정을 마무리하는 듯 멋진 공연을 해주었다.

▲플로리다는 밀가루처럼 고운 모래 해변이 100마일이 넘게 펼쳐진 곳이다. 아이들은 눈만 뜨면 해변으로 나갔다. 밤에는 모래 속에 숨어 있는 하얀 크랩을 잡으며 바다 아이들이 되어갔다.

▲텐덤 자전거를 타는 오렌지 넬 아주머니와 데이비드 아저씨.

◀워싱턴의 한 박물관에서는
〈워싱턴 매거진〉이라는 미국
방송에서 지구촌 아이들을
즉석 인터뷰 하기도 했다.

▲우리를 만나기 위해 일부러 전지훈련 장소를 미국으로 정해준
팀포커스 사이클 팀은 8박 9일 동안 미국 몽고메리의 올드 보이
바이시클 팀과 함께 훈련을 하기도 했다.

▲몽고메리의 또 다른 우리 가족들. 한 할머니와 오렌지 가족, 웨스트 할아버지와
작별인사를 나누었다.

▲워싱턴의 엘렌 할머니 · 할아버지와 작별인사를 나눌 때는 아이들이 울음을 참지
못할 정도로 이별을 아쉬워했다.